オペラ対訳ライブラリー

BIZET
Carmen

ビゼー
カルメン

安藤元雄=訳

音楽之友社

本シリーズは，従来のオペラ対訳とは異なり，原テキストを数行単位でブロック分けし，その下に日本語を充てる組み方を採用しています。原文と訳文の対応に関しては，日本語の自然な語順から，ブロックのなかで倒置されている場合もあります。また，ブロックの分け方は，実際にオペラを聴きながら原文と訳文を同時に追うことが可能な行数を目安にしており，それによって構文上，若干問題が生じている場合もありますが，読みやすさを優先した結果ですので，ご了承ください。なお本巻では，音楽の付されていない台詞部分は，枠囲みで示してあります。

目次

あらすじ 5
『カルメン』対訳

第1幕 Act Premier ……9

第1番（導入）**No.1 : Introduction**
 Sur la place chacun passe（Chœur）……10
第2番（行進曲と合唱）**No.2 : Marche et Chœur des gamins**
 Avec la garde montante（Chœur）……17
第3番（合唱と場面）**No.3 : Chœur et Scène**
 La cloche a sonné, nous, des ouvrières（Chœur）……24
第4番（ハバネラ）**No.4 : Havanaise**
 L'amour est un oiseau rebelle（Carmen）……27
第5番（場面）**No.5 : Scène**
 Carmen, sur tes pas, nous nous pressons tous（Chœur）……28
第6番（二重唱）**No.6 : Duo**
 Parle-moi de ma mère?（José, Micaëla）……30
第7番（合唱）**No.7 : Chœur**
 Au secours! n'entendez-vous pas?（Chœur）……37
第8番（歌とメロドラマ）**No.8 : Chanson et Mélodrame**
 Coupe-moi, brûle-moi, je ne te dirai rien（Carmen）……42
第9番（歌と二重唱）**No.9 : Chanson et Duo**
 セギディリャ Près des remparts de Séville（Carmen, José）……48
第10番（フィナーレ）**No.10 : Final** ……50

第2幕 Acte Deuxième ……53

第11番（ジプシーの歌）**No.11 : Chanson**
 Les tringles des sistres tintaient（Carmen）……54
第12番（合唱とアンサンブル）**No.12 : Chœur et Ensemble**
 Vivat! vivat le torero!（Chœur）……60
第13番（クプレ）**No.13 : Couplets**
 闘牛士の歌 Votre toast... je peux vous le rendre（Escamillo）……62

第14番（五重唱）**No.14 : Quintette**
    Nous avons en tête une affaire (Le Dancaïre, Mercédès, Le Remendado, Frasquita, Carmen) ················69

第15番（歌）**No.15 : Chanson**
    Halte-là! Qui va là? (José) ················76

第16番（二重唱）**No.16 : Duo**
    Je vais danser en votre honneur (Carmen, José) ················84
    花の歌 La fleur que tu m'avais jetée (José) ················87

第17番（フィナーレ）**No.17 : Final** ················90

第3幕 Acte Troisième ················95

第18番（導入）**No.18 : Introduction**
    Ecoute, écoute, compagnon, écoute (Chœur) ················96

第19番（三重唱）**No.19 : Trio**
    カルタの歌 Mêlons! Coupons! (Frasquita, Mercédès, Carmen) ······101

第20番（アンサンブル）**No.20 : Morceau d'Ensemble**
    Quant au douanier c'est notre affaire (Carmen) ················107

第21番（アリア）**No.21 : Air**
    Je dis que rien ne m'épouvante (Micaëla) ················111

第22番（二重唱）**No.22 : Duo**
    Je suis Escamillo, torero de Grenade (Escamillo, José) ················113

第23番（フィナーレ）**No.23 : Final** ················117

第4幕 Acte Quatrième ················125

第24番（合唱）**No.24 : Chœur**
    A deux cuartos (Chœur) ················126

第25番（合唱と場面）**No.25 : Chœur et Scène**
    Les voici, voici la quadrille (Chœur) ················129

第26番（二重唱・フィナーレ）**No.26 : Duo-Final**
    C'est toi?／C'est moi (Carmen, José) ················133

訳者あとがき   140

あらすじ

第1幕
　舞台はセビリャの町の，とある広場。奥に国営タバコ工場があり，それを龍騎兵が警備しながら退屈している。人ごみにまぎれて田舎娘ミカエラが龍騎兵の伍長ドン・ホセを訪ねて来るが，別の中隊だと言われて，兵士たちにからかわれながら姿を消す。やがて衛兵隊が交替，ホセが上官のスニガとともに任務につく。タバコ工場の鐘が鳴って，女工たちが広場に登場。若い男たちがそれを待ち受ける。女工の中の人気者カルメンが，居並ぶ男たちを尻目にかけて，掟にとらわれない奔放なジプシーの恋を歌い，ただ一人彼女に見向きもしなかった生真面目なホセにカシアの花を投げつけて，女工たちとともに工場に戻っていく。ホセがその花を拾い，妖しい魅力に心が揺らいだとき，ミカエラが再び登場。故郷に待つ母の便りを伝える。ミカエラがその場を離れたとたん，工場の中で騒ぎが起こり，女工たちが飛び出してきて衛兵に急を告げる。カルメンが同僚と喧嘩して怪我をさせたというのだ。ホセが調べに入り，カルメンを連行してくる。スニガが取り調べるが，カルメンは鼻であしらう。スニガは彼女を縛り上げさせる。スニガが護送の命令書を書きに行った隙に，カルメンはホセを誘惑して，縄をほどかせる。逃がしてくれたら，なじみのリリャス・パスティアの酒場で遊んであげようというのだ。ホセは誘惑に負け，カルメンは護送される途中で逃亡する。

第2幕
　前の幕から1ヵ月あと。舞台はリリャス・パスティアの酒場。実はこの酒場は密輸業者のアジトである。カルメンが朋輩のメルセデス，フラスキータとともに，スニガら龍騎兵たちの前で歌い踊る。スニガはカルメンの気を引こうと，例の事件で営倉に入っていたホセが一兵卒に格下げになって出てきたところだと語る。闘牛士エスカミーリョが登場，龍騎兵たちと乾杯する。エスカミーリョもカルメンに言い寄る。やがて客たちが去ると，密輸業者の頭目ダンカイロが現れ，次の仕事に出かけようと女たちを誘う。

だがカルメンだけは，ホセが必ず自分を訪ねてくるからと，誘いを断る。ホセが歌いながら登場。カルメンは逃してもらったお礼に彼をもてなすが，ホセが点呼のために兵営に戻ると言い出すので，カルメンは愛よりも軍の規律を優先させるのかと怒る。ホセは，自分がいかにカルメンを愛しているかを切々と訴える。カルメンは，そんなに愛してくれるなら軍隊を脱走して自分とともに自由な暮らしに入れと誘う。それだけはできないとホセが帰りかけたところへ，カルメンを求めるスニガが戻ってきて，ホセを見つける。二人の男は喧嘩となり，ジプシーに取り押さえられるが，この結果ホセは軍を脱走する羽目になる。

第3幕

　寂しい岩山の中。前の幕からさらに時がたっている。危険な山道を伝って密輸業者の一隊が姿を現す。カルメンもホセもその中にいる。二人の仲は早くも険悪となっている。ジプシー女たちはカード占いを始めるが，カルメンも加わってみて，自分もホセも間もなく死ぬ運命にあることを悟る。行く手に待ち受けている税関吏を色仕掛けで丸め込もうと，女たちを先立てて一同が出発し，ホセだけが見張りに残ったところへ，ミカエラが登場，カルメンと対決してホセを連れ戻す決意を歌う。ミカエラが身を隠すと，今度はカルメンを求めてエスカミーリョが現れ，ホセと決闘になる。戻ってきたカルメンやジプシーたちが二人を引き分け，エスカミーリョは一同をセビリャの闘牛に招いて去る。次いでミカエラが見つかって引き出され，重病の母のもとへ帰れとホセを説得，カルメンに未練を残しながらもホセは山を下る。

第4幕

　舞台はセビリャの闘牛場前の広場。闘牛士たちの華やかな入場行進。着飾ったカルメンがエスカミーリョに寄り添っている。落ちぶれたホセの姿を見かけたメルセデスとフラスキータがカルメンに警告するが，カルメンは平気な顔で，広場にひとり残ってホセと対決する。ホセはカルメンによりを戻してくれと懇願するが，すでにエスカミーリョに心を移しているカルメンは応じない。ついにホセは嫉妬と絶望からカルメンを刺し，場内からの歓声が響くうちにカルメンは絶命。ホセは亡骸を前にして泣き叫ぶ。

カルメン
Carmen

4幕のオペラ・コミック

音楽=ジョルジュ・ビゼー Georges Bizet

台本=アンリ・メイヤック Henri Meilhac
　　　リュドヴィック・アレヴィ Ludovic Halévy

原作=プロスペル・メリメ Prosper Mérimée

初演=1875年3月3日，パリ，オペラ=コミック座

リブレット=総譜のテキストに基づく

登場人物および舞台設定

カルメン Carmen ……………………………………………メッゾ・ソプラノ
ドン・ホセ Don José（伍長）………………………………………テノール
エスカミーリョ Escamillo（闘牛士）…………………………バス／バリトン
ミカエラ Micaëla（ホセの許嫁）………………………………………ソプラノ
モラレス Moralès（伍長）……………………………………………バリトン
スニガ Zuniga（中尉）…………………………………………………バス
ダンカイロ Le Dancaïre（密輸人）………………………テノール／バリトン
レメンダード Le Remendado（密輸人）………………………………テノール
フラスキータ Frasquita（ジプシー女）………………………………ソプラノ
メルセデス Mercédès（ジプシー女）……………………………メッゾ・ソプラノ
合唱とバレエ

1830年頃のスペイン，セビリャとその付近

主要人物登場場面一覧

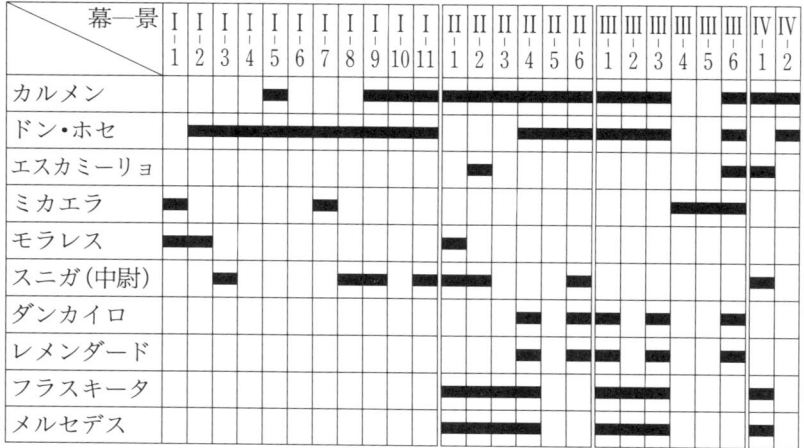

第1幕
Acte Premier

Prélude　前奏曲

Scène Première　第1景

Moralès, Micaëla, soldats, passants.　モラレス，ミカエラ，兵士たち，通行人たち。

Une place à Séville. — A droite, la porte de la manufacture de tabac. — Au fond, face au public, pont praticable traversant la scène dans toute son étendue. — De la scène on arrive à ce pont par un escalier tournant qui fait sa révolution à droite au-dessus de la porte de la manufacture de tabac. — Le dessous du pont est praticable. — A gauche, au premier plan, le corps-de-garde. — Devant le corps-de-garde, une petite galerie couverte, exhaussée de deux ou trois marches; près du corps-de-garde, dans un ratelier, les lances des dragons avec leurs banderolles jaunes et rouges.

セビリャの町の，とある広場。——右手にタバコ工場の門。——奥の正面には，舞台の幅いっぱいに橋が渡っている。——舞台からこの橋に行くには，右手のタバコ工場の門の上を越える回り階段を使う。——橋の下も通行できる。——左手には，前景に衛兵所。——衛兵所の前は，二，三段高い小さな張り出しがあって屋根がかかっている。衛兵所のそばには黄色や赤のリボンのついた龍騎兵の槍が柵に立てかけてある。

No.1 : Introduction　第1番：導入部

Au lever du rideau, une quinzaine de soldats (Dragons du régiment d'Almanza*) sont groupés devant le corps-de-garde. Les uns assis et fumant, les autres accoudés sur la balustrade de la galerie. Mouvement de passants sur la place. Des gens pressés, affairés, vont, viennent, se rencontrent, se saluent, se bousculent etc.

幕があくと，十五人ばかりの兵士（アルマンサ連隊の龍騎兵）が衛兵所の前に群がっている。ある者は坐ってタバコをふかし，別の者は張り出しの手すりに肘をついている。広場には通行人たちの動め。忙しげな人々が行ったり来たり，出会ったり，挨拶したり，ぶつかり合ったりしている。

CHŒUR　兵士たちの合唱
Sur la place
Chacun passe,
Chacun vient, chacun va;
Drôles de gens que ces gens-là.

広場を
誰もが
行ったり来たり。
見ている分には面白い。

*訳註）連隊の名は，「アルカラ（Alcala）」として上演されるが，メリメの原作では「アルマンサ」となっていた。p.76の訳註を参照。

MORALÈS モラレス	A la porte du corps-de-garde, Pour tuer le temps, On fume, on jase, l'on regarde Passer les passants.	

衛兵所の戸口に立って
こうして一日ひまつぶし。
タバコをふかして、だべっては
通行人を眺めるばかり。

REPRISE DU CHŒUR 兵士たち	Sur la place, etc. *(Depuis quelques minutes Micaëla est entrée. Jupe bleue, nattes tombant sur les épaules, hésitante, embarrassée, elle regarde les soldats, avance, r'ecule, etc.)*	

広場を……　etc.
(少し前からミカエラが登場している。青いスカート、肩まで垂れたお下げ髪。おずおずと困ったように兵士たちを眺め、近づこうとしてはあとずさりする)

MORALÈS モラレス	*(aux soldats)* Regardez donc cette petite Qui semble vouloir nous parler; Voyez, elle tourne, elle hésite.	

(兵士たちに)
おい見ろよ、あの女の子
おれたちに話があるらしい、
ほら、振り返って、ためらっている。

CHŒUR 兵士たち	A son secours il faut aller.	

助け舟でも出さずばなるまい。

MORALÈS モラレス	*(à Micaëla)* Que cherchez-vous, la belle?	

(ミカエラに)
何を探しているんだい、お嬢さん。

MICAËLA ミカエラ	Moi! Je cherche un brigadier.	

あたし、伍長さんがいないかと思って。

MORALÈS モラレス	Je suis là, Voilà!	

伍長ならおれさ。
このとおり！

MICAËLA ミカエラ	Mon brigadier, à moi, s'appelle Don José... le connaissez-vous?	

いいえ、あたしの探している伍長さんは
ドン・ホセっていうの……ご存じ？

MORALÈS
モラレス

José, nous le connaissons tous.

ホセ？　それならみんな知ってるよ。

MICAËLA
ミカエラ

Vraiment? Est-il avec vous, je vous prie?

ほんと！　一緒に来てるの？　ね、教えて。

MORALÈS
モラレス

Il n'est pas brigadier dans notre compagnie.

いや、中隊が違うんだ。

MICAËLA
ミカエラ

(désolée)
Alors il n'est pas là.

（がっかりして）
じゃ、ここにはいないのね。

MORALÈS
モラレス

Non, ma charmante, il n'est pas là,
Mais tout à l'heure il y sera.
Il y sera quand la garde montante
Remplacera la garde descendante.

なあに、お嬢さん、ここにはいないが、
もうすぐ来るよ。
もうすぐ当番の交代のとき
入れ替わりにここへやって来る。

TOUS
兵士たち

Il y sera quand la garde montante
Remplacera la garde descendante.

もうすぐ当番の交代のとき
入れ替わりにここへやって来る。

MORALÈS
モラレス

Mais en attendant qu'il vienne,
Voulez-vous, la belle enfant,
Voulez-vous prendre la peine
D'entrer chez nous un instant?

でも、あいつがやって来るまで
いかがです、綺麗なお嬢さん
ちょっとのあいだ、ここへ入って
ひと休みなさいませんか。

MICAËLA
ミカエラ

Chez vous!

入れ、ですって！

LES SOLDATS
兵士たち

Chez nous.

さあ、どうぞ。

MICAËLA ミカエラ	Non pas, non pas. Grand merci, messieurs les soldats. 　あら，だめよ，ご遠慮しますわ 　ご親切はありがたいけど。
MORALÈS モラレス	Entrez sans crainte, mignonne, Je vous promets qu'on aura, Pour votre chère personne, Tous les égards qu'il faudra. 　こわがらずに，お入りください， 　大丈夫，約束するよ， 　あなたの身柄は大切にして 　指一本さわりゃしないよ。
MICAËLA ミカエラ	Je n'en doute pas; cependant Je reviendrai, c'est plus prudent. *(reprenant en riant la phrase du sergent)* Je reviendrai quand la garde montante Remplacera la garde descendante. 　まさかそんな。でも，いいわ 　またあとで来ます，その方が安全ですもの。 　（笑いながら伍長の言葉をまねて） 　もうすぐ当番の交代のとき 　入れ替わったら，また来ます。
LES SOLDATS 兵士たち	Il faut rester car la garde montante Va remplacer la garde descendante. 　もうすぐ当番の交代のとき 　それまでここにいなくっちゃ。
	(entourant Micaëla) Vous resterez. 　（ミカエラを囲んで） 　ここにいなさい。
MICAËLA ミカエラ	*(cherchant à se dégager)* Non pas! non pas! 　（振りほどこうともがきながら） 　だめよ！　だめよ！
LES SOLDATS 兵士たち	Vous resterez. 　ここにいなさい。

| MICAËLA
ミカエラ | Non pas! non pas!
Au revoir, messieurs les soldats.
(Elle s'échappe et se sauve en courant.) |

だめよ！ だめよ！
さよなら，またあとで。
（すりぬけて，走って逃げる）

| MORALÈS
モラレス | L'oiseau s'envole,
On s'en console.
Reprenons notre passe-temps,
Et regardons passer les gens. |

鳥は逃げたか，
まあ，仕方がない。
もう一度，ひまをつぶそう。
通るやつらを眺めよう。

| REPRISE
兵士たち | Sur la place
Chacun passe, etc. |

広場を
誰もが……etc.

Le mouvement des passants qui avait cessé pendant la scène de Micaëla a repris avec une certaine animation. Parmi les gens qui vont et viennent, un vieux monsieur donnant le bras à une jeune dame... Le vieux monsieur voudrait continuer sa promenade, mais la jeune dame fait tout ce qu'elle peut pour le retenir sur la place. Elle paraît émue, inquiète. Elle regarde à droite, gauche. Elle attend quelqu'un et ce quelqu'un ne vient pas. Cette pantomime doit cadrer très-exactement avec le couplet suivant.

ミカエラのやりとりのあいだ途絶えていた通行人の動きがまた一段と盛んになる。行き来する人々の中に，若い妻と腕を組んでいる一人の老紳士がいる。……老紳士は散歩を続けようとするが，若い妻は何とかして広場に留まろうとしながら，そわそわと落ち着かずに左右を見まわす。誰かを待っているのにその誰かがまだ来ない様子。このパントマイムは次のモラレスのクプレと正確に一致する。

No. 1b : Couplets 第1番のb：クプレ *

| MORALÈS
モラレス | Attention! chut! Taisons-nous!
Voici venir un vieil époux. |

おいおい！ ちょっと静かに！
あのおいぼれ旦那を見てみろよ。

＊訳註）このクプレはエーザー版から省かれているだけでなく，その他の版での上演でもほとんど歌われない。このナンバー全体は，オペラがいったん書き上げられてから，初演時のモラレス役の歌手から自分の出番が少ないと苦情を言われ，ビゼーが書き加えたものだという。

Œil soupçonneux, mine jalouse!
Il tient au bras sa jeune épouse;
L'amant sans doute n'est pas loin;
Il va sortir de quelque coin.

陰険な目だ，嫉妬の顔だぜ！
若い奥さんを連れているが，
間男がきっとそのへんにいる。
どこかの角から出て来るぞ。

(En ce moment un jeune homme entre rapidement sur la place.)
Ah! ah! ah! ah!
Le voilà.
Voyons comment ça tournera.
(Le second couplet continue et s'adapte fidèlement à la scène mimée par les trois personnages. Le jeune homme s'approche du vieux monsieur et de la jeune dame, salue et échange quelques mots voix basse etc....)

（その瞬間，一人の若者が足早に広場に登場する）
は，は，は，は！
現れたぜ。
どうなるか見ようじゃないか。
（クプレの二節目は，三人の人物の無言劇を忠実になぞる。若者は老紳士と若い妻に近づき，挨拶して小声で言葉をかわす様子……）

(imitant le salut empressé du jeune homme)
Vous trouver ici, quel bonheur!
(prenant l'air rechigné du vieux mari)

（若者のいんぎんな挨拶をまねて）
これはこれは，こんな所で！
（老紳士の渋い態度をまねて）

Je suis bien votre serviteur.
(reprenant l'air du jeune homme)
Il salue, il parle avec grâce.
(puis l'air du vieux mari)
Le vieux mari fait la grimace;

いやいや，御用は何なりと。
（若者の態度に戻って）
お辞儀して，優雅に話しかけるが，
（老紳士の態度で）
おいぼれ旦那はしかめつら。

(imitant les mines souriantes de la dame)
Mais d'un air fort encourageant
La dame accueille le galant.

（若妻の愛想のいい態度をまねて）
ところが奥さん，いそいそと
色男を歓迎している。

(Le jeune homme, à ce moment, tire de sa poche un billet qu'il fait voir la dame.)
Ah! ah! ah! ah!
L'y voilà;
Voyons comment ça tournera.
(Le mari, la femme et le galant font tous les trois très lentement un petit tour sur la place. Le jeune homme cherchant remettre son billet doux à la dame.)

(若者は，その瞬間，ポケットから手紙をちらりと出して若妻に見せる)
は，は，は，は！
やっぱりだぜ。
どうなるか見ようじゃないか。
(紳士と若妻と色男は三人そろって広場をゆっくりと一回りする。若者はその恋文を若妻に渡す機会を狙う)

Ils font ensemble quelques pas;
Notre amoureux, levant le bras,
Fait voir au mari quelque chose,

並んでゆるゆる歩きながら，
色男のやつ，腕を上げて，
旦那に何かを指さしている。

Et le mari toujours morose
Regarde en l'air... Le tour est fait,
Car la dame a pris le billet.

旦那は相変わらずむっつり顔で
空を見上げる……うまくいったぞ
手紙はまんまと奥方の手だ。

(Le jeune homme, d'une main, montre quelque chose en l'air au vieux monsieur et, de l'autre, passe le billet a la dame.)
Ah! ah! ah! ah!
Et voilà.
On voit comment ça tournera.

(若者は片手で老紳士に空中の何かを指さしながら，もう一方の手で若妻に恋文を渡す)
は，は，は，は！
これでよし。
どうなるかは見てのとおりさ。

TOUS　*(riant)*
全員　Ah! ah! ah! ah!
Et voilà,
On voit comment ça tournera.

(笑いながら)
は，は，は，は！
これでよし。
どうなるかは見てのとおりさ。

On entend au loin, très au loin, une marche militaire, clairons et fifres. C'est la garde montante qui arrive. Le vieux monsieur et le jeune homme échangent une cordiale poignée de main. Salut respectueux du jeune homme à la dame. Un officier sort du poste. Les soldats du poste vont prendre leurs lances et se rangent en ligne devant le corps de garde. Les passants à droite forment un groupe pour assister la parade. La marche militaire se rapproche, se rapproche... La garde montante débouche enfin venant de la gauche et traverse le pont. Deux clairons et deux fifres d'abord. Puis une bande de petits gamins qui s'efforcent de faire de grandes enjambées pour marcher au pas des dragons. — Aussi petits que possible les enfants. Derrière les enfants, le lieutenant Zuniga et le brigadier Don José, puis les dragons avec leurs lances.

はるか遠くで，軍隊の行進の音。ラッパや笛が聞こえる。交代の衛兵隊の到着である。老紳士と若者は親しげな握手をかわす。若者は若妻にもうやうやしくお辞儀をする。一人の将校が衛兵所から出てくる。兵士たちは槍を取って来て衛兵所の前に整列する。行進はしだいに近づいて来て，……ついに交代の部隊が左手から登場して橋を渡る。二人のラッパ手と二人の横笛手が先頭。続いて一団の腕白小僧たちが，龍騎兵の歩調に合わせて精いっぱいの大股で歩いて来る。——子供たちはできる限り小さい方がいい。その子供たちのあとから，スニガ中尉とドン・ホセ伍長，続いて槍を持った龍騎兵たち。

Scène II 第2景

Les mêmes, Don José, le lieutenant.　　前景と同じ人々，ドン・ホセ，中尉。

No. 2 : Marche et Chœur des gamins　　第2番：行進曲と街の子供たちの合唱

CHŒUR DES GAMINS
街の子供たちの合唱

Avec la garde montante
Nous arrivons, nous voilà...
Sonne, trompette éclatante,
Ta ra ta ta, ta ra ta ta;

交代の部隊といっしょに
やって来たんだ，おいらたち
ラッパを鳴らせ，
タラタタ，タラタタ。

Nous marchons la tête haute
Comme de petits soldats,
Marquant sans faire de faute,
Une..., deux..., marquant le pas.

小さな兵隊とおんなじに
頭をあげて進むんだ。
歩調を乱すな
一，二，歩調をとれ。

> Les épaules en arrière
> Et la poitrine en dehors,
> Les bras de cette manière
> Tombant tout le long du corps;

　　肩を引いて
　　胸を張って，
　　腕はこうしてまっすぐに
　　体につけて。

> Avec la garde montante
> Sonne, trompette éclatante,
> Nous arrivons, nous voil
> Ta ra ta ta, ta ra ta ta.

　　交代の部隊といっしょに
　　やって来たんだ，おいらたち
　　ラッパを鳴らせ，
　　タラタタ，タラタタ。

La garde montante va se ranger à droite en face de la garde descendante. Dès que les petits gamins qui se sont arrêtés à droite devant les curieux ont fini de chanter, les officiers se saluent de l'epée et se mettent à causer à voix basse. On relève les sentinelles.

到着した部隊は，待っていた部隊と向き合って整列する。物見高い群衆の前で右手に立ち止まっていた子供たちが歌い終わると，双方の部隊の将校同士は剣をぬいて敬礼してから，小声で話し始める。交代が行なわれる。

Mélodrame　メロドラマ

MORALÈS
モラレス
(à Don José)
Il y a une jolie fille qui est venue te demander. Elle a dit qu'elle reviendrait...
（ドン・ホセに）
貴様をたずねて，さっき可愛い女の子が来たぞ。また来ると言ってたが。……

JOSÉ
ホセ
Une jolie fille?...
可愛い女の子？

MORALÈS
モラレス
Oui, et gentiment habillée, une jupe bleue, des nattes tombant sur les épaules...
きれいな服を着て，青いスカートで，お下げが肩まで垂れていた……

JOSÉ
ホセ
C'est Micaëla. Ce ne peut être que Micaëla.
ミカエラだ。ミカエラに違いない。

MORALÈS モラレス	Elle n'a pas dit son nom. *(Les factionnaires sont relevés. Sonneries des clairons. La garde descendante passe devant la garde montante. — Les gamins en troupe reprennent derrière les clairons et les fifres de la garde descendante la place qu'ils occupaient derrière les tambours et les fifres de la garde montante.)*
	名前は言わなかったがな。 〈交代が終わる。ラッパが鳴る。下番する部隊は、到着した部隊の前を通って行く。——街の子供たちは一団となって、さっきの場合と同じように、今度は下番するラッパ手と横笛手のあとに続く〉
REPRISE DU CHŒUR DES GAMINS 街の子供たちの合唱	Et la garde descendante Rentre chez elle et s'en va. Sonne, trompette éclatante, Ta ra ta ta, ta ra ta ta.
	つとめを終えた衛兵隊は さあ、引き揚げだ、帰るんだ。 ラッパを鳴らせ、 タラタタ、タラタタ。
	Nous partons la tête haute Comme de petits soldats, Marquant, sans faire de faute, Une..., deux..., marquant le pas.
	小さな兵隊とおんなじに 頭をあげて進むんだ。 歩調を乱すな 一、二、歩調をとれ。
	Les épaules en arrière Et la poitrine en dehors, Les bras de cette manière Tombant tout le long du corps.
	肩を引いて 胸を張って、 腕はこうしてまっすぐに 体につけて。
	Et la garde descendante Rentre chez elle et s'en va. Sonne, trompette éclatante, Ta ra ta ta, ta ra ta ta.
	つとめを終えた衛兵隊は さあ、引き揚げた、帰るんだ。 ラッパを鳴らせ、 タラタタ、タラタタ。

Soldats, gamins et curieux s'éloignent par le fond; chœur, fifres et clairons vont diminuant. L'officier de la garde montante, pendant ce temps, passe silencieusement l'inspection de ses hommes. Quand le chœur des gamins et les fifres ont cessé de se faire entendre, le lieutenant dit: Présentez lances... Haut lances... Rompez les rangs. Les dragons vont tous déposer leurs lances dans le râtelier, puis ils rentrent dans le corps-de-garde. Don José et le lieutenant restent seuls en scène.

兵士たち，子供たち，見物人は舞台奥へ遠ざかる。合唱，笛，ラッパが消えていく。到着した部隊の将校は，その間，黙ったまま自分の部下を閲兵している。子供たちの合唱や笛の音が聞こえなくなると，将校は，構え槍，……捧げ槍，……休め，などと号令する。龍騎兵たちは槍を柵に立てかけてから衛兵所に入る。ドン・ホセと中尉だけが舞台に残る。

Scène III 第3景

Le lieutenant, Don José.　中尉，ドン・ホセ。

LE LIEUTENANT
中尉
Dites-moi, brigadier?
おい，伍長。

JOSÉ
ホセ
(se levant)
Mon lieutenant.
(起立して)
は，中尉どの。

LE LIEUTENANT
中尉
Je ne suis dans le régiment que depuis deux jours et jamais je n'étais venu Séville. Qu'est-ce que c'est que ce grand bâtiment?
おれは二日前に連隊に着任したばかりで，セビリャの町を知らん。あの大きな建物は何だ？

JOSÉ
ホセ
C'est la manufacture de tabacs...
タバコ工場でありますが……

LE LIEUTENANT
中尉
Ce sont des femmes qui travaillent là?...
働いているのは女たちだったな？……

JOSÉ
ホセ
Oui, mon lieutenant. Elles n'y sont pas maintenant; tout à l'heure, après leur dîner, elles vont revenir. Et je vous réponds qu'alors il y aura du monde pour les voir passer.
そうです，中尉どの。でも今はおりません。もうすぐ昼めしをすませて戻って来ます。そのときには，女たちの通るのを見ようとして野次馬がたかります。

LE LIEUTENANT
中尉
Elles sont beaucoup?
たくさんおるのか？

JOSÉ ホセ	Ma foi, elles sont bien quatre ou cinq cents qui roulent des cigares dans une grande salle...	

それはもう、四百人から五百人いて、大部屋で葉巻を巻いております。

LE LIEUTENANT 中尉　Ce doit être curieux.

壮観だろうな。

JOSÉ ホセ　Oui, mais les hommes ne peuvent pas entrer dans cette salle sans une permission...

はい。でも男は許可なしには中に入れませんので……

LE LIEUTENANT 中尉　Ah!

ほほう！

JOSÉ ホセ　Parce que, lorsqu'il fait chaud, ces ouvrières se mettent à leur aise, surtout les jeunes.

なぜかというと、暑いときは、女工たちが肌ぬぎになってますから。とくに若いのが。

LE LIEUTENANT 中尉　Il y en a de jeunes?

若い子もいるのか？

JOSÉ ホセ　Mais oui, mon lieutenant.

それは、おります。

LE LIEUTENANT 中尉　Et de jolies?

可愛いのもいるか？

JOSÉ ホセ　*(en riant)*
Je le suppose... Mais à vous dire vrai, et bien que j'aie été de garde ici plusieurs fois déjà, je n'en suis pas bien sûr, car je ne les ai jamais beaucoup regardées...

（笑って）
いると思います……実をいうと、ここには何度も衛兵に立ってますが、確実なことは言えないんです、よく見たことがないので……

LE LIEUTENANT 中尉　Allons donc!...

嘘をつけ！

JOSÉ ホセ	Que voulez-vous?... ces Andalouses me font peur. Je ne suis pas fait à leurs manières, toujours à railler... jamais un mot de raison...
	仕方がないです……ああいうアンダルシア女は苦手でして。とてもついて行けません，いつも人をからかって……まともな口なんか利かないんですから……
LE LIEUTENANT 中尉	Et puis nous avons un faible pour les jupes bleues, et pour les nattes tombant sur les épaules.
	それにこっちは青いスカートや肩まで垂れたお下げに弱いと来てるからな……
JOSÉ ホセ	*(riant)* Ah! mon lieutenant a entendu ce que me disait Moralès?...
	(笑って) ははあ！ 中尉どのはモラレスの言葉を聞かれましたか？
LE LIEUTENANT 中尉	Oui...
	聞いたとも。
JOSÉ ホセ	Je ne le nierai pas... la jupe bleue, les nattes... c'est le costume de la Navarre... ça me rappelle le pays...
	否定はしません……青いスカートにお下げ……ナバラの衣装なんです……国を思い出します……
LE LIEUTENANT 中尉	Vous êtes Navarrais?
	ナバラの生まれか？

JOSÉ ホセ	Et vieux chrétien. Don José Lizzarabengoa, c'est mon nom... On voulait que je fusse d'église et l'on m'a fait étudier. Mais je ne profitais guère, j'aimais trop jouer à la paume... Un jour que j'avais gagné, un gars de l'Alava me chercha querelle; j'eus encore l'avantage, mais cela m'obligea de quitter le pays. Je me fis soldat! Je n'avais plus mon père; ma mère me suivit et vint s'établir à dix lieues de Séville... avec la petite Micaëla... c'est une orpheline que ma mère a recueillie, et qui n'a pas voulu se séparer d'elle...
	そのとおりです。ドン・ホセ・リッツァラベンゴアといいます。……坊さんになれと言われて勉強もさせてもらったんですが，だめでした，球打ち遊びにいれあげちまって……ある日，勝負に勝ったら，アラバ生まれの若僧に喧嘩を売られて，それにも勝ったはいいが，おかげで国にいられなくなりました。それで軍隊に入ったんです！ 親父はもう死んでいたので，おふくろはあとを追って来て，セビリャから十里ほどの村に住みつきました……ミカエラという女の子が一緒で……これはおふくろが引き取って育てたみなしごで，おふくろから離れようとしないんです……。*
LE LIEUTENANT 中尉	Et quel âge a-t-elle, la petite Micaëla?...
	いくつになるんだ，そのミカエラは？
JOSÉ ホセ	Dix-sept ans...
	十七になります。
LE LIEUTENANT 中尉	Il fallait dire cela tout de suite... Je comprends maintenant pourquoi vous ne pouvez pas me dire si les ouvrières de la manufacture sont jolies ou laides... *(La cloche de la manufacture se fait entendre.)*
	そいつを先に言わなくちゃ……それでわかったよ，工場の女工たちが可愛いかどうかも言えないわけだ……。 （工場の鐘が聞こえてくる）
JOSÉ ホセ	Voici la cloche qui sonne, mon lieutenant, et vous allez pouvoir juger par vous-même... Quant à moi je vais faire une chaîne pour attacher mon épinglette.
	鐘が鳴ってますから，中尉どの，ご自分で確かめてください……私は銃の火門針をつるす鎖をこしらえます。

*訳註）この長い台詞は実際の上演では省略されることが多いが，前半はメリメの原作に基づいてホセの前身を説明したもの。名の前に「ドン」がつくのは，由緒ある家系の出身であることを示す。後半の母親とミカエラについては，台本作者の創作。

Scène IV　第4景

Don José, soldats, jeunes gens et cigarières.　　　ドン・ホセ，兵士たち，若者たち，女工たち。

No. 3 : Chœur et Scène　　第3番：合唱と場面

La place se remplit de jeunes gens qui viennent se placer sur le passage des cigarières. Les soldats sortent du poste. Don José s'assied sur une chaise, et reste là fort indifférent toutes ces allées et venues, travaillant son épinglette.

広場には女工たちの通るのを待ち受けようとする若者たちがつめかける。兵士たちも衛兵所から出てくる。ホセは椅子に坐って，あたりには目もくれず，鉄の火門針を磨いている。

CHŒUR
若者たちの合唱

La cloche a sonné, nous, des ouvrières
Nous venons ici guetter le retour;
Et nous vous suivrons, brunes cigarières,
En vous murmurant des propos d'amour.
(A ce moment paraissent les cigarières, la cigarette aux lèvres. Elles passent sous le pont et descendent lentement en scène.)

　鐘が鳴ったぜ，おれたちは女工の
　帰るところを待ちぶせるのさ，
　そうしてあとをつけるのさ，栗色の髪のねえちゃん
　愛の言葉のささやきを聞かせてやるよ。
　（このとき女工たちが，くわえタバコで現れる。橋の下を通ってゆっくりと舞台の前景に出て来る）

LES SOLDATS
兵士たち

Voyez-les... Regards impudents,
Mine coquette,
Fumant toutes du bout des dents
La cigarette.

　見ろよ……はすっぱな目つきをして
　思わせぶりな顔つきで
　みんなタバコを横っちょに
　くわえてやがる。

LES CIGARIÈRES
女工たちの合唱

Dans l'air, nous suivons des yeux
La fumée
Qui vers les cieux
Monte, monte parfumée.

　ゆらゆらと目で追う
　タバコのけむり
　空の方へとのぼって行く
　甘い香り。

Cela monte doucement
A la tête,
Cela vous met gentiment
L'âme en fête,

 それがふんわり、やわらかく
 頭にくれば
 知らぬまに
 みんな心が浮かれ出す！

Dans l'air nous suivons des yeux
La fumée, etc.

 ゆらゆらと目で追う
 タバコのけむり……etc.

Le doux parler des amants
C'est fumée;
Leurs transports et leurs serments
C'est fumée.

 言い寄る男の甘い言葉も
 どうせ、けむりよ、
 喜んでみせたり、誓ってみせたり
 それも、けむりよ。

Dans l'air nous suivons des yeux
La fumée, etc.

 ゆらゆらと目で追う
 タバコのけむり……etc.

LES JEUNES GENS *(aux cigarières)*
若者たち Sans faire les cruelles,
Ecoutez-nous, les belles,
Vous que nous adorons,
Que nous idolâtrons.

 (女工たちに)
 つめたい顔をしないでさ
 聞いとくれ、ねえちゃんたち
 ぞっこん参ってるんだ
 首ったけだよ。

LES CIGARIÈRES 女工たち	*(reprennent en riant)* Le doux parler des amants C'est fumée;

（笑いながらくり返す）
言い寄る男の甘い言葉も
どうせ，けむりよ。

Leurs transports et leurs serments
C'est fumée.

喜んでみせたり，誓ってみせたり
それも，けむりよ。

Dans l'air nous suivons des yeux
La fumée, etc.

ゆらゆらと目で追う
タバコのけむり……etc.

Scène V   第5景

Les mêmes, Carmen.　同じ人々，カルメン。

LES SOLDATS 兵士たち	Mais nous ne voyons pas la Carmencita.

はてな，カルメンシータの姿がないぞ。

LES CIGARIÈRES ET LES JEUNES GENS 女工たちと若者たち	La voilà, La voilà, Voilà la Carmencita.

来たぞ
来たぞ
カルメンシータだ。

Entre Carmen. Absolument le costume et l'entrée indiqués par Mérimée. Elle a un bouquet de cassie à son corsage et une fleur de cassie dans le coin de la bouche. Trois ou quatre jeunes gens entrent avec Carmen. Ils la suivent, l'entourent, lui parlent. Elle minaude et caquette avec eux. Don José lève la tête. Il regarde Carmen, puis se remet tranquillement à travailler son épinglette.

カルメン登場。メリメの描いたとおりの衣裳と登場ぶり。胴着にカシアの花束をつけ，その花の一輪を口にくわえている。三，四人の若者たちがカルメンと一緒に登場。彼女のあとを追いかけて取り囲み，話しかける。カルメンは彼らに笑いかけ，言葉をかわす。ホセが顔を上げる。カルメンを見つめてから，また静かに火門針を磨き続ける。

LES JEUNES GENS 若者たち	*(entrés avec Carmen)* Carmen, sur tes pas, nous nous pressons tous; Carmen, sois gentille, au moins réponds-nous, Et dis-nous quel jour tu nous aimeras.

（カルメンとともに登場して）
カルメン，みんなこうして拝みに来たのさ，
カルメン，いい子だ，返事ぐらいはしておくれ
いつになったらおれたちを好きになるかと。

CARMEN カルメン	*(les regardant)* Quand je vous aimerai, ma foi, je ne sais pas. Peut-être jamais, peut-être demain; Mais pas aujourd'hui, c'est certain.

（彼らを見つめて）
いつになったら好きになるのか，わかりゃしないわ。
永久にだめかな，それともあしたかな
でも，今日じゃないってことはたしかよ。

No. 4 : Havanaise　第4番：ハバネラ

L'amour est un oiseau rebelle
Que nul ne peut apprivoiser,
Et c'est bien en vain qu'on l'appelle
S'il lui convient de refuser.

　恋は言うことを聞かない小鳥
　飼いならすことなんか誰にもできない，
　いくら呼んでも無駄
　来たくなければ来やしない。

Rien n'y fait; menace ou prière,
L'un parle bien, l'autre se tait:
Et c'est l'autre que je préfère,
Il n'a rien dit, mais il me plaît.

　おどしてもすかしても，なんにもならない。
　お喋りする人，黙ってる人
　そのむっつり屋さんの方が気に入った
　なんにも言わなかったけど，そこが好きなの。

L'amour est enfant de Bohême,
Il n'a jamais connu de loi;
Si tu ne m'aimes pas, je t'aime;
Si je t'aime, prends garde à toi!...

　恋はジプシーの生まれ,
　おきてなんて知ったことじゃない。
　好いてくれなくてもあたしから好いてやる。
　あたしに好かれたら，覚悟しな！

L'oiseau que tu croyais surprendre
Battit de l'aile et s'envola...
L'amour est loin, tu peux l'attendre;
Tu ne l'attends plus... il est là...

鳥をまんまとつかまえたと，思ったとたん
羽ばたいて，飛んで行ってしまった。
恋が遠くにいるときは，待つほかないが，
待つ気もなくなったころ，またやって来る。

Tout autour de toi, vite, vite,
Il vient, s'en va, puis il revient...
Tu crois le tenir, il t'évite,
Tu veux l'éviter, il te tient.

あたりをすばやく飛びまわり，
行ったり来たり，また戻ったり，
つかまえたつもりが，するりと逃げる
逃げたつもりが，こっちがつかまる。

L'amour est enfant de Bohême,
Il n'a jamais connu de loi;
Si tu ne m'aimes pas, je t'aime;
Si je t'aime, prends garde à toi!

恋はジプシーの生まれ，
おきてなんか知ったことじゃない。
好いてくれなくてもあたしから好いてやる。
あたしに好かれたら，覚悟しな！

No. 5 : Scène　第5番：場面

LES JEUNES GENS
若者たち

Carmen, sur tes pas, nous nous pressons tous;
Carmen, sois gentille, au moins réponds-nous.

カルメン，みんなこうして拝みに来たのさ。
カルメン，いい子だ，返事ぐらいはしておくれ。

Moment de silence. Les jeunes gens entourent Carmen, celle-ci les regarde l'un après l'autre, sort du cercle qu'ils forment autour d'elle et s'en va droit à Don José qui est toujours occupé de son épinglette.

しばし沈黙。若者たちはカルメンを取り囲む。カルメンはそのひとりひとりを順に見つめてから，若者たちの輪を抜け出して，相変わらず火門針に夢中になっているホセのところへまっすぐに行く。

CARMEN
カルメン

Eh! compère, qu'est-ce que tu fais là?...

ねえ，あんた，何をしてるの？

JOSÉ ホセ	Je fais une chaîne avec du fil de laiton, une chaîne pour attacher mon épinglette.

針金で鎖を作ってるのさ，火門針をつるす鎖だよ。

CARMEN カルメン	*(riant)* Ton épinglette, vraiment! Ton épinglette... épinglier de mon âme... *(Elle arrache de son corsage la fleur de cassie et la lance à Don José. Il se lève brusquement. La fleur de cassie est tombée à ses pieds. Éclat de rire général; la cloche de la manufacture sonne une deuxième fois. Sortie des ouvrières et des jeunes gens sur la reprise de:)*

（笑って）
火門針，ほんと！　その火門針で……あたしの魂を突き刺す気ね……
（胴着からカシアの花を引きちぎってホセに投げつける。ホセは驚いて立ち上がる。カシアの花はホセの足もとに落ちている。一同がどっと笑う。工場の鐘がもう一度鳴る。女工たちと若者たちは歌を繰り返しながら退場）

L'amour est enfant de Bohême. etc., etc.
(Carmen sort la première en courant et elle entre dans la manufacture. Les jeunes gens sortent à droite et à gauche. — Le lieutenant qui, pendant cette scène, bavardait avec deux ou trois ouvrières, les quitte et rentre dans la poste après que les soldats y sont rentrés. Don José reste seul)

恋はジプシーの生まれ……etc., etc.
（カルメンが真っ先に走って退場し，工場に入る。若者たちは右と左に去る。——中尉はこの場面の間，二，三人の女工と喋っていたが，兵士たちが衛兵所に入ってしまうと，これも別れて衛兵所へ入る。ホセがひとり残る）

Scène Ⅵ　第6景

JOSÉ ホセ	Qu'est-ce cela veut dire, ces façons-là?... Quelle effronterie!...

どういうつもりだ，いったい？……思い切ったことをするなあ！……

(en souriant)
Tout ça parce que je ne faisais pas attention à elle!... Alors, suivant l'usage des femmes et des chats qui ne viennent pas quand on les appelle et qui viennent quand on ne les appelle pas, elle est venue...
(Il regarde la fleur de cassie qui est par terre à ses pieds. Il la ramasse.)

（苦笑して）
それというのも，おれがあの子に目もくれなかったからだ。……女と猫は呼んでも来ないが，呼ばないときに寄って来るっていうのは，ほんとだなあ……
（足もとの地べたのカシアの花を見つめ，拾い上げる）

Avec quelle adresse elle me l'a lancée, cette fleur... là juste entre les deux yeux... ça m'a fait l'effet d'une balle qui m'arrivait...

でも、うまく投げつけたもんだよ、この花は。……眉間にあたったからな。……弾丸が来たかと思った。……

(Il respire le parfum de la fleur.)
Comme c'est fort!... certainement s'il y a des sorcières, cette fille-là en est une.
(Entre Micaëla.)

（花の匂いをかいで）
なんてきつい匂いだろう！……たしかに魔女ってものがいるとしたら、あの子なんかまさにそれだな……
（ミカエラ登場）

Scène VII　第 7 景

Don José, Micaëla.　ホセ，ミカエラ。

MICAËLA
ミカエラ
| Monsieur le brigadier?
伍長さん。

JOSÉ
ホセ
(cachant préripitamment la fleur de cassie)
Quoi?... Qu'est-ce que c'est?... Micaëla! c'est toi...
（あわてて花をかくして）
え？……何だ？……ミカエラ！……きみか……

MICAËLA
ミカエラ
C'est moi!...
あたしよ！……

JOSÉ
ホセ
Et tu viens de là-bas?...
村から来たの？

MICAËLA
ミカエラ
Et je viens de là-bas... c'est votre mère qui m'envoie...
村から来たの。……お母さまからのお使いよ……

JOSÉ
ホセ
Ma mère...
おふくろだって……

No. 6 : Duo　第 6 番：二重唱

JOSÉ
ホセ
Eh bien, parle-moi de ma mère?
聞かせておくれ，おふくろの話。

MICAËLA ミカエラ	J'apporte de sa part, fidèle messagère, Cette lettre. お母さまのいいつけで，届けに来たの， このお手紙。
JOSÉ ホセ	*(regardant la lettre)* Une lettre. （手紙を見つめて） 手紙！
MICAËLA ミカエラ	Et puis un peu d'argent. *(Elle lui remet une petite bourse.)* Pour ajouter à votre traitement, Et puis... それからね，お金も少し。 （小さな財布を手渡す） お給金の足しにしなさいって。 それから……
JOSÉ ホセ	Et puis? それから？
MICAËLA ミカエラ	Et puis?... vraiment je n'ose, Et puis... encore une autre chose Qui vaut mieux que l'argent et qui, pour un bon fils, Aura sans doute plus de prix. それから？ 困ったな，言えないわ。 それからね，もうひとつ別のもの お金よりももっといいもの，孝行息子には きっと，よっぽど値打ちのあるもの。
JOSÉ ホセ	Cette autre chose, quelle est-elle? Parle donc. その別のものって何さ，いったい？ さあ，言って。
MICAËLA ミカエラ	Oui, je parlerai; Ce que l'on m'a donné je vous le donnerai. 待って，言うから。 あたしが預かったものを，あなたに渡すわ。

> Votre mère avec moi sortait de la chapelle,
> Et c'est alors qu'en m'embrassant,
> Tu vas, m'a-t-elle dit, t'en aller à la ville:
> La route n'est pas longue, une fois à Séville,
> Tu chercheras mon fils, mon José, mon enfant...

　　お母さまがね，いっしょに教会を出るとき
　　あたしを抱いてこう言ったのよ。
　　町まで行っておくれでないか，
　　道は遠くない，セビリャに着いたら，
　　うちのせがれのホセをさがしておくれ……

> Et tu lui diras que sa mère
> Songe nuit et jour à l'absent...

　　そして，こう言っとくれ，母さんが
　　夜も昼もあの子のことを思っていると。

> Qu'elle regrette et qu'elle espère,
> Qu'elle pardonne et qu'elle attend;

　　さびしくもあり，逢いたくもあり
　　がまんして，帰りを待っていると。

> Tout cela, n'est-ce pas? mignonne,
> De ma part tu le lui diras,
> Et ce baiser que je te donne
> De ma part tu le lui rendras.

　　それをあの子に聞かせておくれ
　　あたしに代わって言っておくれ，
　　こうしてあんたにキスをするから，
　　代わりにあの子にしてやっとくれ。

JOSÉ *(très-ému)*
ホセ　Un baiser de ma mère?

　　(心を打たれて)
　　おふくろのキス？

MICAËLA　Un baiser pour son fils.
ミカエラ　José, je vous le rends, comme je l'ai promis.
(Micaëla se hausse un peu sur la pointe des pieds et donne à Don José un baiser bien franc, bien maternel. Don José très-ému la laisse faire. Il la regarde bien dans les yeux. —— Un moment de silence.)

　　坊やへのキス。
　　ホセ，するわ，約束ですもの。
　　(ミカエラは少し爪先立ちになり，率直な，母親のような接吻をホセに与える。ホセは感動して，されるままになり，彼女の目をじっと見つめる。── しばし沈黙)

JOSÉ		*(continuant de regarder Micaëla)*
ホセ		Ma mère, je la vois... je revois mon village. Souvenirs d'autrefois! souvenirs du pays!

（ミカエラを見つめ続けて）
おふくろが目に浮かぶなあ……故郷の村が目に見える。
おお，昔の思い出！　故郷の思い出！

O souvenirs chéris!
Vous remplissez mon cœur de force et de courage.
O souvenirs chéris,
Souvenirs d'autrefois! souvenirs du pays!

おお，なつかしい思い出！
おれの心を力と勇気でいっぱいにしてくれる。
おお，なつかしい思い出！
おお，昔の思い出！　故郷の思い出！

Ma mère, je la vois, etc.

おふくろが目に浮かぶなあ……etc.

MICAËLA ミカエラ	Sa mère, il la revoit, etc. お母さまが目に浮かぶのね！……etc.
JOSÉ ホセ	*(les yeux fixés sûr la manufacture)* Qui sait de quel démon j'allais être la proie!

（工場をきっと睨んで）
とんだ悪魔に引っかかるところだったよ！

Même de loin, ma mère me défend,
Et ce baiser qu'elle m'envoie
Ecarte le péril et sauve son enfant.

遠くからでもおふくろはちゃんと守ってくれる。
送ってくれたこのキスが
危険から息子を守ってくれる。

MICAËLA ミカエラ	Quel démon! quel péril! je ne comprends pas bien. Que veut dire cela?

悪魔だの，危険だのって，なんのこと？
どういう意味なの？

JOSÉ ホセ	Rien! rien! Parlons de toi, la messagère. Tu vas retourner au pays...

なんでもない！　なんでもない！
それよりきみはどうするの
村へ帰るのかい。

MICAËLA ミカエラ	Ce soir même, et demain je verrai votre mère.	

ええ，今晩帰るわ……あしたはまたお母さまに会うの。

JOSÉ ホセ	Tu la verras! Eh bien tu lui dirais: Que son fils l'aime et la vénère, Et qu'il se repent aujourd'hui Il veut que là-bas sa mère Soit contente de lui.	

おふくろに会うって！ そうか！ ではこう言って。
息子は母さんを愛してる，大事にしてる，
そして，今では悔い改めてる。
母さんを満足させる
息子になるよ！

Tout cela, n'est-ce pas? mignonne,
De ma part tu le lui diras;
Et ce baiser que je te donne,
De ma part tu le lui rendras...
(Il l'embrasse.)

それをおふくろに聞かせておくれ，
おれに代わって言っておくれ，
こうしてきみにキスをするから
代わりにおふくろにしてやっておくれ。
（ミカエラに接吻する）

MICAËLA ミカエラ	Oui, je vous le promets... de la part de son fils, José, je le rendrai comme je l'ai promis.	

ええ，約束するわ，坊やからって
ホセ，約束どおりきっと伝えるわ。

JOSÉ ホセ	Ma mère, je la vois, etc.	

おふくろが目に浮かぶなあ……etc.

MICAËLA ミカエラ	Sa mère, il la revoit, etc.	

お母さまが目に浮かぶのね！……etc.

JOSÉ ホセ	Attends un peu maintenant... je vais lire sa lettre...	

待っててくれないか……手紙を読むから……

MICAËLA ミカエラ	J'attendrai, monsieur le brigadier, j'attendrai...	

ええ，待ってるわ，伍長さん……

JOSÉ ホセ	(embrassant la lettre avant de commencer à lire) Ah! (lisant)

（読む前にまず手紙に接吻する）
ああ！
（読む）

	«Continue à te bien conduire, mon enfant! L'on t'a promis de te faire maréchal-des-logis. Peut-être alors pourrais-tu quitter le service, te faire donner une petite place et revenir près de moi. Je commence à me faire bien vieille. Tu reviendrais près de moi et tu te marierais, nous n'aurions pas, je pense, grand' peine à te trouver une femme, et je sais bien, quant à moi, celle que je te conseillerais de choisir: c'est tout justement celle qui te porte ma lettre... Il n'y en a pas de plus sage ni de plus gentille...»

「よい行ないを続けるんだよ，息子や！ 軍曹にしてもらえる約束だったね。そこまでつとめ上げたら，お暇をもらって，何か仕事を見つけて帰って来てくれないかしら。私もずいぶん年をとってきたよ。こちらへ戻って嫁を取るのなら，きっとすぐにいい嫁さんが見つかると思うよ。本当はね，おまえにぜひ勧めたい人があるの。それはほかでもない，この手紙を持っていく子だよ……。こんなに賢くて，こんなに優しい子はいないよ……」

MICAËLA ミカエラ	(l'interrompant) Il vaut mieux que je ne sois pas là!...

（さえぎって）
あたし，いない方がいいわ！……

JOSÉ ホセ	Pourquoi donc?...

どうして？

MICAËLA ミカエラ	(troublée) Je viens de me rappeler que votre mère m'a chargée de quelques petits achats: je vais m'en occuper tout de suite.

（困って）
お母さまからちょっと買い物を頼まれたのを思い出したの。
すぐ行ってくるわ。

JOSÉ ホセ	Attends un peu, j'ai fini...

お待ちよ，すぐ済むから……

MICAËLA ミカエラ	Vous finirez quand je ne serai plus là...

あたしがいなくなったら読んどいてね……

JOSÉ / ホセ
> Mais la réponse?...

じゃあ，返事は？

MICAËLA / ミカエラ
> Je viendrai la prendre avant mon départ et je la porterai à votre mère... Adieu.

帰りがけにもらいに来て，お母さまに届けるわ。……またね。

JOSÉ / ホセ
> Micaëla!

ミカエラ！

MICAËLA / ミカエラ
> Non, non... je reviendrai, j'aime mieux cela... je reviendrai, je reviendrai...
> *(Elle sort.)*

いいの，いいの，またあとで来るから。その方がいいわ。……またあとでね。……
（退場）

Scène VIII　第8景

José puis les ouvrières, le lieutenant, soldats.　ホセ，女工たち，中尉，兵士たち。

JOSÉ / ホセ
> *(lisant)*
> «Il n'y en a pas de plus sage, ni de plus gentille... il n'y en a pas surtout qui t'aime davantage... et si tu voulais...» Oui, ma mère, oui, je ferai ce que tu désires... j'épouserai Micaëla, et quant à cette bohémienne, avec ses fleurs qui ensorcellent...

（読む）
「こんなに賢くて，こんなに優しい子はいないよ……それに何より，これほどおまえを愛している子もいないよ……おまえさえよければ……」ああ，母さん，いいとも，言うとおりにするよ……ミカエラを嫁にもらうよ。あんなジプシー女なんか，花で魔法をかけようだなんて……

No. 7 : Chœur　第7番：合唱

Au moment où il va arracher les fleurs de sa veste, grande rumeur dans l'intérieur de la manufacture. ── Entre le lieutenant suivi des soldats.

ホセが花を捨てようとしたとき，工場の中で大騒ぎが起こる。── 中尉と兵士たちが登場。

LE LIEUTENANT / 中尉
> Eh bien! eh bien! qu'est-ce qui arrive?...
> *(Les ouvrières sortent rapidement et en désordre.)*

や，や！　どうしたんだ？
（女工たち，混乱して駆けこんでくる。）

CHŒUR DES CIGARIÈRES 女工たち	Au secours! n'entendez-vous pas? Au secours, messieurs les soldats! 誰か来て！ 聞こえないの？ 助けてよ，兵隊さん！
PREMIER GROUPE DE FEMMES 第一のグループ	C'est la Carmencita. カルメンシータよ。
DEUXIÈME GROUPE DE FEMMES 第二のグループ	Non pas, ce n'est pas elle. あの人じゃないってば。
PREMIER GROUPE 第一のグループ	C'est elle. そうよ。あの人よ。
DEUXIÈME GROUPE 第二のグループ	Pas du tout. とんでもない。違うったら！
PREMIER GROUPE 第一のグループ	Si fait! dans la querelle Elle a porté les premiers coups. そうだわ，そうだわ！ あの人が手を出したのよ。
TOUTES LES FEMMES 女たち一同	*(entourant le lieutenant)* Ne les écoutez pas, monsieur, écoutez-nous, Ecoutez-nous, Ecoutez-nous. （中尉を取り囲んで） 嘘よ，そんなの嘘 ねえ，聞いてってば！ 聞いてってば！
PREMIER GROUPE 第一のグループ	*(elles tirent l'officier de leur côté)* La Manuelita disait Et répétait à voix haute Qu'elle achèterait sans faute Un âne qui lui plaisait. （中尉を自分たちの方へ引っ張る） マヌエリータが言ったのよ 大きな声で二度も言ったわ 気に入ったロバがあったから そのうちきっと手に入れるって。

第1幕第8景

DEUXIÈME GROUPE
第二のグループ

(même jeu)
Alors la Carmencita,
Railleuse à son ordinaire,
Dit: un âne, pourquoi faire?
Un balai te suffira.

（同じ動作で）
そうしたら，カルメンシータが，
いつものように冷やかして，
言ったのよ，ロバなんか，なんにするのさ
あんたには箒でたくさん。*

PREMIER GROUPE
第一のグループ

Manuelita riposta
Et dit à sa camarade:
Pour certaine promenade
Mon âne te servira.

マヌエリータも負けないで
言い返したわ
散歩でもするときは
あたしのロバに乗せたげる。

DEUXIÈME GROUPE
第二のグループ

Et ce jour-là tu pourras
A bon droit faire la fière;
Deux laquais suivront derrière,
T'émouchant à tour de bras.

そのときは，あんた
ふんぞり返って結構よ。
お小姓が二人，おともして
蠅がたかるのを追ってくれるわ。**

TOUTES LES FEMMES
女たち一同

Là-dessus toutes les deux
Se sont prises aux cheveux.

そこで二人は
髪をつかんで取っ組み合い！

---

*訳註）マヌエリータが自分にはロバを買うほどの金があると自慢し，カルメンが相手を魔女だと罵ったもの。
**訳註）これは罪人が引き回されるときの姿である。罪人は後ろ手に縛られているのでロバの上でそり返っているように見える。二人の小姓とは，護送の刑務官をさす。

LE LIEUTENANT 中尉	Au diable tout ce bavardage. *(à Don José)* Prenez, José deux hommes avec vous Et voyez là-dedans qui cause ce tapage.	

しゃべるな，黙れ，うるさくてかなわん。
（ホセに）
おい，ホセ，二人ばかり連れて
騒ぎの張本人は誰か，調べて来い。

Don José prend deux hommes avec lui. — Les soldats entrent dans la manufacture. Pendant ce temps les femmes se pressent, se disputent entre elles.

ホセは二人の兵士を呼び寄せる。——兵士たちは工場に入って行く。その間にも女たちは互いに押し合い，口論し合う。

PREMIER GROUPE 第一のグループ	C'est la Carmencita. カルメンシータよ！
DEUXIÈME GROUPE 第二のグループ	Non, non, écoutez-nous, etc. あの人じゃないってば！……etc.
LE LIEUTENANT 中尉	*(assourdi)* Holà! holà! Eloignez-moi toutes ces femmes-là. （耳を覆って） おおい！ この女どもを全部追っ払ってくれ！
TOUTES LES FEMMES 女たち一同	Ecoutez-nous! écoutez-nous! ねえ，聞いてよ！ 聞いてってば！
LES SOLDATS 兵士たち	*(repoussent les femmes et les érartent)* Tout doux! tout doux! Eloignez-vous et taisez-vous. （女たちを押しのけながら） おとなしくしろ！ あっちへ行って，もう黙れ。
LES FEMMES 女たち	Ecoutez-nous! 聞いてってば！
LES SOLDATS 兵士たち	Tout doux. *(Les cigarières glissent entre les mains des soldats qui cherchent à les érarter. Elles se préripitent sur le lieutenant et reprennent le chœur.)* 静かにしろ。 （女工たちは押しのけようとする兵士たちの手をすりぬけて，中尉にとびつき，合唱を再開する）

PREMIER GROUPE 第一のグループ	La Manuelita disait, etc.
	マヌエリータが言ったのよ，……etc.
DEUXIÈME GROUPE 第二のグループ	Alors la Carmencita, etc.
	そうしたらカルメンシータが……etc.
LES SOLDATS 兵士たち	*(en repoussant encore une fois les femmes)* Tout doux! tout doux! Eloignez-vous et taisez-vous. *(Les soldats réussissent enfin à repousser les cigarières. Les femmes sont maintenues à distance autour de la place par une baie de dragons. Carmen paraît sur la porte de la manufacture amenée par Don José et suivie par deux dragons.)*
	（もう一度女たちを押し返して） おとなしくしろ！ あっちへ行って，もう黙れ。 （兵士たちはやっと女工たちを押し返すのに成功する。女たちはいまや広場の周辺にへだてられ，龍騎兵たちが垣をつくる。カルメンがホセに引きたてられ，二人の龍騎兵に付き添われて，工場の門に現れる）

Scène IX 第9景

Les mêmes, Carmen.　同じ人々，カルメン。

LE LIEUTENANT 中尉	Voyons, brigadier... Maintenant que nous avons un peu de silence... qu'est-ce que vous avez trouvé là-dedans?....
	さて，伍長……これでいくらか静かになったな……中はどうなっていたかね？
JOSÉ ホセ	J'ai d'abord trouvé trois cents femmes, criant, hurlant, gesticulant, faisant un tapage à ne pas entendre Dieu tonner... D'un côté il y en avait une les quatre fers en l'air, qui criait: Confession! confession! je suis morte... Elle avait sur la figure un X qu'on venait de lui marquer en deux coups de couteau... en face de la blessée j'ai vu... *(Il s'arrête sur un regard de Carmen.)*
	三百人からの女が上を下への大騒ぎで，始めは耳がつぶれました。……片隅に一人，仰向けになって，死んじゃう！ 死んじゃう！ もう駄目！ とわめいていたのがいました……顔に十文字の傷がついていました。ナイフで二度切られたんです……。その怪我人の前にいたのが…… （カルメンにじろりと睨まれ口をつぐむ）
LE LIEUTENANT 中尉	Eh bien?...
	それで？

JOSÉ ホセ	J'ai vu mademoiselle.	

この人です。

LE LIEUTENANT 中尉	Mademoiselle Carmencita?	

この人って，カルメンシータか？

JOSÉ ホセ	Oui, mon lieutenant...	

はい，中尉どの。

LE LIEUTENANT 中尉	Et qu'est-ce qu'elle disait, mademoiselle Carmencita?	

で，そのカルメンシータ嬢の言い分は？

JOSÉ ホセ	Elle ne disait rien, mon lieutenant, elle serrait les dents et roulait des yeux comme un caméléon.	

何も言いませんでした，中尉どの。歯を食いしばって，目玉をカメレオンみたいにきょろきょろさせていました。

CARMEN カルメン	On m'avait provoquée... je n'ai fait que me défendre... Monsieur le brigadier vous le dira... (à José) N'est-ce pas, monsieur le brigadier?	

喧嘩を売られたんだもの。……身を守っただけだわ。……伍長さんに聞いて頂戴。……

(ホセに)

そうでしょ，伍長さん？

JOSÉ ホセ	(après un moment d'hésitation) Tout ce que j'ai pu comprendre au milieu du bruit, c'est qu'une discussion s'était élevée entre ces deux dames, et qu'à la suite de cette discussion, mademoiselle, avec le couteau dont elle coupait le bout des cigares, avait commencé à dessiner des croix de saint André sur le visage de sa camarade...	

(ためらってから)

騒ぎの中でやっとわかったのは，これら二人の女の間で口論があって，しまいに，この人が，葉巻の端を切っていたナイフで，相手の顔に十文字を書き始めたってことです……

(Le lieutenant regarde Carmen; celle-ci, après un regard à Don José et un très-léger haussement d'épaules, est redevenue impassible.)

(中尉がカルメンを見る。カルメンはホセをちらりと眺めて，軽く肩をすくめてから，もとの平然とした態度に戻る)

> Le cas m'a paru clair. J'ai prié mademoiselle de me suivre...
> Elle a d'abord fait un mouvement comme pour résister... puis
> elle s'est résignée... et m'a suivi, douce comme un mouton!

事態ははっきりしていると思われました。私はこの人に同行を求めました。……最初は抵抗のそぶりを見せましたが……結局あきらめて……羊みたいにおとなしくついて来ました！

LE LIEUTENANT
中尉
> Et la blessure de l'autre femme?

で，もう一人の方の傷は？

JOSÉ
ホセ
> Très-légère, mon lieutenant, deux balafres à fleur de peau.

ほんの軽傷です，中尉どの，皮膚のうわっつらをかすっただけですから。

LE LIEUTENANT
中尉
> (à Carmen)
> Eh bien, la belle, vous avez entendu le brigadier?...
> (à José)
> Je n'ai pas besoin de vous demander si vous avez dit la vérité.

（カルメンに）
よし，お嬢さん，聞いたろう？……
（ホセに）
その申し立てに間違いなさそうだな。

JOSÉ
ホセ
> Foi de Navarrais, mon lieutenant!
> (Carmen se retourne brusquement et regarde encore une fois José)

ナバラ生まれは嘘は言いません，中尉どの！
（カルメンは振り向いてもう一度ホセをじろりと見る）

No. 8 : Chanson et Mélodrame　第8番：歌とメロドラマ

LE LIEUTENANT
中尉
> (à Carmen)
> Eh bien... vous avez entendu?... Avez-vous quelque chose à
> répondre?... parlez, j'attends...
> (Carmen, au lieu de répondre, se met à fredonner.)

（カルメンに）
よし，聞いたな？……なにか申し開きはあるかね？……さあ，返事をしろ！
（カルメンは返事の代わりに鼻唄を歌い始める）

CARMEN
カルメン
> (chantant)
> Coupe-moi, brûle-moi, je ne te dirai rien,
> Je brave tout, le feu, le fer et le ciel même.

（歌う）
切られようと焼かれようと，口は割らない，
火でも剣でもこわくない，神様だって。

LE LIEUTENANT 中尉	Ce ne sont pas des chansons que je te demande, c'est une réponse.

歌を歌えと言ったんじゃない，返事をするんだ。

CARMEN カルメン	*(chantant)* Mon secret je le garde et je le garde bien; J'en aime un autre et meurs en disant que je l'aime.

(歌う)
あたしの秘密は洩らさない，口が裂けても。
ほかの男が好きならば死ぬとき言うわ。

LE LIEUTENANT 中尉	Ah! ah! nous le prenons sur ce ton-là... *(à José)* Ce qui est sûr, n'est-ce pas, c'est qu'il y eu des coups de couteau, et que c'est elle qui les a donnés... *(En ce moment cinq ou six femmes droite réussissent à forcer la ligne des factionnaires et se préripitent sur la scène en criant:)*

ええい！ どこまで，そんな口をきくんだ！
(ホセに)
はっきりしているのは，いいか，ナイフで怪我人が出て，やったのがこの女だってことじゃないか！
(このとき五，六人の女が，兵士たちの警備線を突破して舞台にとび出し)

CHŒUR 合唱	Oui, oui, c'est elle!... *(Une de ces femmes se trouve près de Carmen. Celle-ci lève la main et veut se jeter sur la femme. Don José arrête Carmen. Les soldats érartent les femmes, et les repoussent cette fois tout à fait hors de la scène. Quelques sentinelles continuent à rester en vue gardant les abords de la place.)*

そうよ，そうよ，その人よ！
(と叫ぶ。女たちの一人がカルメンに近づく。カルメンは手を振り上げてその女にとびかかろうとする。ホセがカルメンを引きとめる。兵士たちは女たちを押し返し，今度は完全に舞台から追い払う。何人かの兵士がその後も広場のまわりに残って警戒にあたる)

LE LIEUTENANT 中尉	Eh! eh! vous avez la main leste décidément. *(aux soldats)* Trouvez-moi une corde. *(Moment de silence pendant lequel Carmen se remet à fredonner de la façon la plus impertinente en regardant l'officier.)*

こいつ，ほんとに手の早い女だな。
(兵士たちに)
紐を持ってこい。
(しばし沈黙。カルメンはその間に，中尉を見つめながら，前よりもいっそう露骨な態度で鼻唄を歌い出す)

UN SOLDAT 一人の兵士	*(apportant une corde)* Voilà, mon lieutenant.

（紐を持ってくる）
はい，中尉どの。

LE LIEUTENANT 中尉	*(à Don José)* Prenez, et attachez-moi ces deux jolies mains. *(Carmen, sans faire la moindre résistance, tend en souriant ses deux mains à Don José.)*

（ホセに）
よし，この可愛い両手をしばってしまえ。
（カルメンは抵抗の色も見せずに，ほほえみながらホセに両手を差し出す）

> C'est dommage vraiment, car elle est gentille... Mais si gentille que vous soyez, vous n'en irez pas moins faire un tour à la prison. Vous pourriez y chanter vos chansons de bohémienne. Le porte-clefs vous dira ce qu'il en pense.

まったく惜しいよ，いい女なのにな。だが、いくらいい女でも，監獄行きはまぬがれんぞ。ジプシーの歌なら監獄で歌うんだな。牢番がなんと思うか知らないがね。

(Les mains de Carmen sont liées. On la fait asseoir sur un escabeau devant le corps-de-garde. Elle reste là, immobile, les yeux à terre.)
（カルメンは両手を縛られ，衛兵所の前の腰掛けに坐らされる。彼女はそこで地べたを見つめたまま動かない）

> Je vais écrire l'ordre.
> *(à Don José)*
> C'est vous qui la conduirez...
> *(Il sort.)*

おれは命令書に書いてくる。
（ホセに）
貴様が連行してやれ。
（退場）

Scène X　第10景

Carmen, Don José.　カルメン，ホセ。

Un petit moment de silence. —— Carmen lève les yeux et regarde Don José. Celui-ci se détourne, s'éloigne de quelques pas, puis revient à Carmen qui le regarde toujours.

しばらく沈黙。カルメンは目を上げてホセを見つめる。ホセは目をそらし，少し遠ざかってから，またそばへ戻ってくる。カルメンはずっと彼を見つめている。

CARMEN カルメン	Où me conduirez-vous?...

どこへ連れてくの？

| JOSÉ ホセ | A la prison, ma pauvre enfant... |

監獄だよ，かわいそうだが。

| CARMEN カルメン | Helas! que deviendrai-je? Seigneur officier, ayez pitié de moi... Vous êtes si jeune, si gentil... *(José ne répond pas, s'éloigne et revient, toujours sans le regard de Carmen.)* |

ああ！ あたし，どうなるのかしら！ 将校さん，かわいそうだと思ってよ……若いんだし，親切でしょ……
(ホセは答えずに遠ざかり，また戻って来るが，カルメンを見ようとしない)

| | Cette corde, comme vous l'avez serrée, cette corde... j'ai les poignets brisés. |

ああ，この紐……ずいぶんきつく縛ったのね！ 手首が折れそう。

| JOSÉ ホセ | *(s'approchant de Carmen)* Si elle vous blesse, je puis la desserrer... Le lieutenant m'a dit de vous attacher les mains..., il ne m'a pas dit... *(Il desserre la corde.)* |

(カルメンに近寄って)
痛いんなら，ゆるめてやろうか……中尉どのは手を縛れと言ったが，それ以上のことは……
(紐をゆるめる)

| CARMEN カルメン | *(bas)* Laisse-moi m'échapper, je te donnerai un morceau de la bar-lachi, une petite pierre qui te fera aimer de toutes les femmes. |

(小声で)
逃がしてよ，おねがい，そうしたらバラキのかけらをあげるわ。バラキって，小さな石で，これを持っているとどんな女からも愛されるのよ。

| JOSÉ ホセ | *(s'éloignant)* Nous ne sommes pas ici pour dire des balivernes... il faut aller à la prison. C'est la consigne, et il n'y a pas de remède. *(Silence.)* |

(遠ざかりながら)
くだらないことを言うなよ。……監獄行きだ。命令だから，どうしようもないんだ。
(沈黙)

| CARMEN カルメン | Tout à l'heure vous avez dit: foi de Navarrais... vous êtes des Provinces?... |

あんた，さっき，ナバラ生まれは嘘は言わないって言ったわね。……あっちの出なの？

JOSÉ ホセ	Je suis d'Elizondo...
	エリソンドだよ。……

CARMEN カルメン	Et moi d'Etchalar...
	あたしはエッチャラールよ。……

JOSÉ ホセ	*(s'arrêtant)* D'Etchalar!... c'est quatre heures d'Elizondo, Etchalar.
	（立ち止まって） エッチャラール！ エリソンドから四時間の所じゃないか。

CARMEN カルメン	Oui, c'est là que je suis née... J'ai été emmenée par des Bohémiens à Séville. Je travaillais à la manufacture pour gagner de quoi retourner en Navarre, près de ma pauvre mère qui n'a que moi pour soutien... On m'a insultée parce que je ne suis pas de ce pays de filous, de marchands d'oranges pourries, et ces coquines se sont mises toutes contre moi parce que je leur ai dit que tous leurs Jacques de Séville avec leurs couteaux ne feraient pas peur à un gars de chez nous avec son béret bleu et son maquila. Camarade, mon ami, ne ferez-vous rien pour une payse?
	そう，そこで生まれたの……ジプシーにさらわれてセビリャに来たのよ。だからナバラの母さんのところへ帰るために，工場で稼いでたの。母さんの助けになるのはあたししかいないんだもの。……でも，ここの人間じゃないから馬鹿にされたのよ。みんな泥棒で，腐ったオレンジを売りつける連中ばっかりなのに，女たちまでが敵にまわるの。あたしがね，セビリャの男なんか，みんなでいくらナイフを振りまわしたって，あたしの国の，青いベレーに杖を持った男一人にかなわないって言ってやったからだわ。ねえ，あんた，同じ国の女に何もしてくれないの？

JOSÉ ホセ	Vous êtes Navarraise, vous?...
	ナバラ生まれかい，ほんとに？

CARMEN カルメン	Sans doute.
	まあね。

JOSÉ ホセ	Allons donc... il n'y a pas un mot de vrai..., vos yeux seuls, votre bouche, votre teint... Tout vous dit Bohémienne.
	でたらめ言うなよ，嘘ばっかりじゃないか。……その顔色だの，口もとだの……目を見ただけだってわかるぜ。……どう見てもジプシーだよ。

CARMEN
カルメン
Bohémienne. tu crois?
そう思う？

JOSÉ
ホセ
J'en suis sûr...
ジプシーさ。……たしかだ。

CARMEN
カルメン
Au fait, je suis bien bonne de me donner la peine de mentir... Oui, je suis Bohémienne, mais tu n'en feras pas moins ce que je te demande... Tu le feras parce que tu m'aimes...
じゃあ，嘘をついても無駄だったってわけね。……そうよ，あたしジプシーよ，でもあんたはやっぱり言うことを聞いてくれるわ。……だって，あたしに惚れてるから。

JOSÉ
ホセ
Moi!
おれが？

CARMEN
カルメン
Eh! oui, tu m'aimes... ne me dis pas non, je m'y connais! tes regards, la façon dont tu me parles. Et cette fleur que tu as gardée. Oh! tu peux la jeter maintenant... cela n'y fera rien. Elle est restée assez de temps sur ton cœur; le charme a opéré...
ええ惚れてるわ。かくしたってだめ。わかってるんだから！目つきもそう，口の利き方もそう。花だってちゃんと持ってるじゃないの。それ，もう捨ててもいいのよ。……捨てたっておんなじ。しばらくそれを心臓にあてたら，もう魔法は利いてるんだから。

JOSÉ
ホセ
(avec colère)
Ne me parle plus, tu entends, je te défends de me parler...
（怒って）
やめろ，もう話しかけるな，いいか！

CARMEN
カルメン
C'est très bien, seigneur officier, c'est très bien. Vous me défendez de parler, je ne parlerai plus...
(Elle regarde Don José qui recule.)
はいはい，将校さん，わかりましたわ。
いけないとおっしゃるなら，もう話しかけません。
（カルメンが見つめるのでホセはあとずさりする）

No. 9 : Chanson et Duo　第9番：歌と二重唱

CARMEN
カルメン

Près des remparts de Séville,
Chez mon ami Lillas Pastia,
J'irai danser la seguedille
Et boire du Manzanilla!...

　セビリャの城壁の近く，
　なじみのリリャス・パスティアの店へ，
　セギディリャを踊りに行くの
　マンサニヤを飲みに行くの！＊

Oui, mais toute seule on s'ennuie,
Et les vrais plaisirs sont à deux...
Donc pour me tenir compagnie,
J'emmènerai mon amoureux...

　でもね，たった一人じゃつまらない，
　二人でなくちゃ楽しくないわ。
　だから一緒に連れて行くの。
　あたしの大事な恋人を。

Mon amoureux!... il est au diable...
Je l'ai mis à la porte hier...
Mon pauvre cœur très-consolable,
Mon cœur est libre comme l'air...

　恋人だって！　どこへ行ったか知るもんか，
　昨日，追い出したばかりだもの。
　悲しい心も，すぐおさまるもの，
　あたしの心は空気みたいに自由なの！

J'ai des galants à la douzaine,
Mais ils ne sont pas à mon gré;
Voici la fin de la semaine,
Qui veut m'aimer je l'aimerai.

　言い寄る男をダースで数えて，
　どいつもこいつも気に入らない，
　そろそろ日曜日も近いから
　好いてくれる人なら好いてあげよう。

＊訳註）セビリャ（地名）とセギディリャ（踊りの名）は，フランス語台本で発音すると語尾の母音が「ウ」となるが，スペイン出身の歌手がカルメンをつとめる場合，原地のスペイン語の発音どおりに「ア」と歌うことがある。そうすると四行目のマンサニヤ（セビリャの近くでとれる白ワイン）とも韻が合い，地方色豊かな響きとなる。

Qui veut mon âme?... elle est à prendre...
Vous arrivez au bon moment,
Je n'ai guère le temps d'attendre,
Car avec mon nouvel amant...

あたしの心をほしいのは誰？　いつでもどうぞ。
いいときにいらしたお方，
もう待ってなんかいられない，
だって，新しい恋人と一緒に……

Près des remparts de Séville,
Chez mon ami Lillas Pastia,
J'irai danser la seguedille
Et boire du Manzanilla.

セビリャの城壁の近く，
なじみのリリャス・パスティアの店へ，
セギディリャを踊りに行くの
マンサニヤを飲みに行くの。

JOSÉ
ホセ
Tais-toi, je t'avais dit de ne pas me parler.

黙れ，話しかけるなといったじゃないか。

CARMEN
カルメン
Je ne te parle pas... je chante pour moi-même,
Et je pense... il n'est pas défendu de penser,
Je pense à certain officier,
A certain officier qui m'aime,
Et que l'un de ces jours je pourrais bien aimer...

話しかけてなんかいないわ，一人で歌ってるの，
そして考えてるの，考えるのはかまわないでしょ，
考えてるの，ある将校さんのこと，
あたしを愛してくれてる将校さんのこと，
あたしの方もその人を，愛しちゃうかも知れないな。

JOSÉ
ホセ
Carmen!...

カルメン！

CARMEN
カルメン
Mon officier n'est pas un capitaine,
Pas même un lieutenant, il n'est que brigadier.
Mais c'est assez pour une bohémienne,
Et je daigne m'en contenter!

あたしの将校さんは大尉じゃなくて，
中尉でもなくて，ただの伍長よ。
でも，ジプシー女にはそれでたくさん，
満足してさしあげますわ！

JOSÉ
ホセ
(déliant la corde qui attache les mains de Carmen)
Carmen, je suis comme un homme ivre;
Si je cède, si je me livre,
Ta promesse, tu la tiendras...
Si je t'aime, tu m'aimeras...

(カルメンの手の紐をほどいて)
カルメン，まるで酔ったみたいな気がする。
もしもだよ，もしも，おれが言いなりになったら
その約束をきっと守るだろうね……
おれが愛したら，カルメン，愛してくれるだろうね。

CARMEN
カルメン
(à peine chanté, murmuré)
Prés des remparts de Séville,
Chez mon ami Lillas Pastia,
Nous danserons la seguedille
Et boirons du Manzanilla.

(ほとんどささやくように)
セビリャの城壁の近く，
なじみのリリャス・パスティアの店で，
二人でセギディリャを踊るのよ
二人でマンサニヤを飲むのよ。

No. 10 : Final   第10番：フィナーレ

JOSÉ
ホセ
(parlé)
Le lieutenant!... Prenez garde.
(Carmen va se replacer sur son escabeau, les mains derrière le dos. ── Rentre le lieutenant.)

(語りで)
中尉が来る！　気をつけて。
(ホセはカルメンから離れる。カルメンは再び腰かけに坐り，両手を背後にかくす。中尉が登場)

Scène XI   第11景

Les mêmes, le lieutenant, puis les ouvrières, les soldats, les bourgeois.   同じ人々，中尉，次いで女工たち，兵士たち，市民たち。

LE LIEUTENANT
中尉
Voici l'ordre, partez et faites bonne garde...
さあ命令書だ，つれて行け，しっかり見張れよ……

CARMEN
カルメン

(bas à José)
Sur le pont je te pousserai
Aussi fort que je le pourrai...
Laisse-toi renverser... le reste me regarde!

（小声でホセに）
橋の上であたしが，力いっぱい
あんたを突きとばすから
そしたら倒れて頂戴……あとは一人でやれるから！

(Elle se place entre les deux dragons. José à côté d'elle. Les femmes et les bourgeois pendant ce temps sont rentrés en scène toujours maintenus à distance par les dragons... Carmen traverse la scène de gauche à droite allant vers le pont...)

（カルメンは二人の龍騎兵に前後を守られ，ホセがそのわきに付き添う。女工たちと市民たちがその間に舞台に戻って来るが，相変わらず龍騎兵たちにへだてられている……カルメンは左から右へと舞台を横切って橋の方へ向かう）

L'amour est enfant de Bohême,
Il n'a jamais connu de loi;
Si tu ne m'aimes pas, je t'aime,
Si je t'aime, prends garde à toi.

恋はジプシーの生まれ，
おきてなんて知ったことじゃない。
好いてくれなくてもあたしから好いてやる，
でも，あたしに好かれたら覚悟しな！

En arrivant à l'entrée du pont a droite, Carmen pousse José qui se laisse renverser. Confusion, désordre, Carmen s'enfuit. Arrivée au milieu du pont, elle s'arrête un instant, jette sa corde à la volée par-dessus le parapet du pont, et se sauve pendant que sur la scène, avec de grands érlats de rire, les cigarières entourent le lieutenant.

橋の右側の入口に来たとき，カルメンはホセを突きとばし，ホセは倒れる。大騒ぎ，混乱。カルメンは逃げる。橋の真ん中で一瞬立ち止まり，紐を手すりごしに投げ捨て，姿を消す。その間に舞台の上では，女工たちがけたたましく笑いながら中尉を取り囲む。

Entr'acte　間奏曲

第2幕
Acte Deuxième

Scène Première 第1景

Carmen, le lieutenant, Moralès, officiers et bohémiennes.

カルメン，中尉，モラレス，将校たち，ジプシー女たち。

La taverne de Lillas Pastia. —— Tables à droite et à gauche. Carmen, Mercédès, Frasquita, le lieutenant Zuniga, Moralès et un lieutenant. C'est la fin d'un dîner. La table est en désordre. Les officiers et les Bohémiennes fument des cigarettes. Deux Bohémiens râclent de la guitare dans un coin de la taverne et deux Bohémiennes, au milieu de la scène dansent. —— Carmen est assise regardant danser les Bohémiennes, le lieutenant lui parle bas, mais elle ne fait aucune attention à lui. Elle se lève tout à coup et se met à chanter.

リリャス・パスティアの酒場。——右にも左にもテーブルがある。カルメン，メルセデス，フラスキータ，スニガ中尉，モラレス，ほかにもう一人の中尉がいる。夕食の終わり。テーブルの上は散らかっている。将校たちとジプシー女たちはタバコをふかしている。二人のジプシー男が片隅でギターを掻き鳴らし，二人のジプシー女が舞台中央で踊る。——カルメンは坐って踊りを眺め，中尉が小声で話しかけても気にもとめない。不意に立ち上がって歌い出す。

No. 11 : Chanson 第11番：歌

CARMEN
カルメン

I

Les tringles des sistres tintaient
Avec un éclat métallique,
Et sur cette étrange musique
Les zingarellas se levaient,

響きもするどく
鈴を打ち鳴らせば
そのふしぎな音楽につれて
ジプシー女が立ちあがった。

Tambours de basque allaient leur train,
Et les guitares forcenées
Grinçaient sous des mains obstinées,
Même chanson, même refrain,
La la la la la la.

タンバリンが調子をとれば
狂おしく搔きたてる
ギターに合わせて
いつもの歌，いつものルフラン，
ラララ，ラララ。

(Sur ce refrain les Bohémiennes dansent. Mercédès et Frasquita reprennent avec Carmen le: La la la la la la.)

（この歌のルフランでジプシー女たちが踊る。メルセデスとフラスキータはカルメンと一緒にラララ，ラララと繰り返す）

II

Les anneaux de cuivre et d'argent
Reluisaient sur les peaux bistrées;
D'orange ou de rouge zébrées
Les étoffes flottaient au vent;

　浅黒い肌にきらめく
　腕輪は銅と銀。
　風になびくショールは
　赤とオレンジの縞模様。

La danse au chant se mariait,
D'abord indécise et timide,
Plus vive ensuite et plus rapide,
Cela montait, montait, montait!...
La la la la la la.

　踊りと歌とがひとつになって，
　はじめはそっと遠慮がち，
　それが次第に速さを増して
　高鳴る　高鳴る　高鳴っていく！

MERĆEDÈS ET FRASQUITA
メルセデスと フラスキータ

La la la la la la.

　ラララ，ラララ。

III

Les Bohémiens à tour de bras,
De leurs instruments faisaient rage,
Et cet éblouissant tapage,
Ensorcelait les zingaras!

　ジプシー男は　腕も折れよと
　力の限りに楽器を鳴らせば
　目もくらむ　どよめきのなか
　シプシー女は有頂点。

Sous le rhythme de la chanson,
Ardentes, folles, enfiévrées,
Elles se laissaient, enivrées,
Emporter par le tourbillon!
La la la la la la.

　歌のリズムに身をのせて，
　燃えて　狂って　熱があがって
　なにもかも忘れ　酔いしれて
　踊りの渦に身をまかす！
　ラララ，ラララ。

LES TROIS VOIX 三人	La la la la la la. *(Mouvement de danse trè-rapide, très-violent. Carmen elle même danse et vient, avec les dernières notes de l'orchestre, tomber haletante sur un banc de la taverne. Après la danse, Lillas Pastia se met à tourner autour des officiers d'un air embarrassé.)*

ラララ，ラララ。
(急速な，激しい踊り。カルメン自身も踊りに加わり，オーケストラの最後の音とともに息を切らせてベンチに倒れ込む。踊りが終わるとリリャス・パスティアが困ったような顔で将校たちのまわりをうろうろする)

LE LIEUTENANT 中尉	Vous avez quelque chose à nous dire, maître Lillas Pastia?

何か言いたいのかい。リリャス・パスティアのおやじ？

PASTIA パスティア	Mon Dieu, messieurs...

あのう，みなさんがた……

MORALÈS モラレス	Parle, voyons...

はっきり言えよ……

PASTIA パスティア	Il commence à se faire tard... et je suis, plus que personne, obligé d'observer les règlements. Monsieur le corrégidor étant assez mal disposé à mon égard... je ne sais pas pourquoi il est mal disposé...

ぼつぼつ夜もふけますし……当店は，どこよりも規則を守りませんとね。どうもお奉行さまが当店を睨んでおいでのようで……なぜだかはわかりませんが……

LE LIEUTENANT 中尉	Je le sais très-bien, moi. C'est parce que ton auberge est le rendez-vous ordinaire de tous les contrebandiers de la province.

おれにはわかるさ。おまえの酒場が，いつもこの一帯の密輸人のアジトになってるからだよ。

PASTIA パスティア	Que ce soit pour cette raison ou pour une autre, je suis obligé de prendre garde... or, je vous le répète, il commence à se faire tard.

そうであろうとなかろうと，とにかく気をつけませんとね……くどいようですが，ぼつぼつ夜もふけますし。

MORALÈS モラレス	Cela veut dire que tu nous mets à la porte!...

追い出そうってのかい！

PASTIA パスティア	Oh! non, messieurs les officiers... oh! non... je vous fais seulement observer que mon auberge devrait être fermée depuis dix minutes...
	おお！　とんでもない，将校さんがた……とんでもない……ただ，もう閉店時間を十分もすぎておりますんで……
LE LIEUTENANT 中尉	Dieu sait ce qui s'y passe dans ton auberge une fois qu'elle est fermée...
	閉店したが最後，中で何をやってるかわかるもんか。
PASTIA パスティア	Oh! mon lieutenant...
	とんでもない，中尉さん。……
LE LIEUTENANT 中尉	Enfin! nous avons encore, avant l'appel, le temps d'aller passer une heure au théâtre... vous y viendrez avec nous, n'est-ce pas, les belles? *(Pastia fait signe aux Bohémiennes de refuser.)*
	さてと！　点呼までにまだ芝居でも見に行く時間はあるな。……どうだい，一緒に来ないか，べっぴんさんたち。 （パスティアは小声でジプシー女たちに，断れと合図する。）
FRASQUITA フラスキータ	Non, messieurs les officiers, non, nous restons ici, nous.
	だめよ，将校さん，あたしたち，ここに残るわ。
LE LIEUTENANT 中尉	Comment, vous ne viendrez pas...
	なんだい，来ないのか……
MERCÉDÈS メルセデス	C'est impossible...
	無理よ……
MORALÉS モラレス	Mercédès!...
	メルセデス！
MERCÉDÈS メルセデス	Je regrette...
	わるいけど……
MORALÉS モラレス	Frasquita!
	フラスキータ！
FRASQUITA フラスキータ	Je suis désolée...
	残念だけど……
LE LIEUTENANT 中尉	Mais toi, Carmen... je suis bien sûr que tu ne refuseras pas...
	おまえはどうだい，カルメン，いやじゃなかろう。……

CARMEN カルメン	C'est ce qui vous trompe, mon lieutenant... je refuse et encore plus nettement qu'elles deux, si c'est possible... *(Pendant que le lieutenant parle à Carmen, Andrès et les deux autres lieutenants essaient de fléchir Frasquita et Mercédèes.)* そうはいかないわよ，中尉さん。……あたしもお断り。できることなら，この二人よりももっとはっきり断るわ。 (中尉がカルメンに話しかけている間，アンドレスと他の二人の中尉がフラスキータとメルセデスを説き伏せようとする)
LE LIEUTENANT 中尉	Tu m'en veux? 怒ってるのかい？
CARMEN カルメン	Pourquoi vous en voudrais-je? なんで怒るの？
LE LIEUTENANT 中尉	Parce qu'il y a un mois j'ai eu la cruautée de t'envoyer à la prison... だって一ヵ月前に，おまえを牢屋送りにしたからさ。
CARMEN カルメン	*(comme si elle ne se rappelait pas)* A la prison?... (思い出せないふりをして) 牢屋？
LE LIEUTENANT 中尉	J'étais de service, je ne pouvais pas faire autrement. あれもつとめでな，仕方がなかったんだ。
CARMEN カルメン	*(même jeu)* A la prison... je ne me souviens pas d'être allée à la prison... (同じ仕ぐさ) 牢屋だなんて……そんなところへ行ったおぼえはないわよ……
LE LIEUTENANT 中尉	Je le sais pardieu bien que tu n'y es pas allée... le brigadier qui était chargé de te conduire ayant jugé à propos de te laisser échapper... et de se faire dégrader et emprisonner pour cela... もちろん行かなかったことはわかってるさ。おまえを連行する役目だった伍長が，まんまとおまえを逃がしちまったんだからな。おかげでやつは格下げ，営倉入りさ。

CARMEN カルメン	*(sérieuse)* Dégrader et emprisonner?...

（まじめになって）
格下げで，営倉入り？

LE LIEUTENANT 中尉	Mon Dieu oui... on n'a pas voulu admettre qu'une aussi petite main ait été assez forte pour renverser un homme...

そうともさ……こんな小さな手で大の男を突き倒せるなんて，どうもおかしいと言われてね……

CARMEN カルメン	Oh!

まあ！

LE LIEUTENANT 中尉	Cela n'a pas paru naturel...

不自然だと思われたのさ……

CARMEN カルメン	Et ce pauvre garçon est redevenu simple soldat?...

で，そのかわいそうな坊やは，ただの兵隊に下げられちゃったの？

LE LIEUTENANT 中尉	Oui... et il a passé un mois en prison.

そうさ……一ヵ月も入ってたんだ。

CARMEN カルメン	Mais il en est sorti?...

でも，もう出たんでしょ？

LE LIEUTENANT 中尉	Depuis hier seulement!

やっと昨日出てきた。

CARMEN カルメン	*(faisant claquer ses castagnettes)* Tout est bien puisqu'il en est sorti, tout est bien.

（カスタネットを鳴らして）
あら！　それならいいわ，出たんだもの。

LE LIEUTENANT 中尉	A la bonne heure, tu te consoles vite.

すぐに機嫌が直るんだな。

| CARMEN
カルメン | (à part)
Et j'ai raison...
(haut)
Si vous m'en croyez, vous ferez comme moi, vous voulez nous emmener, nous ne voulons pas vous suivre... vous vous consolerez... |

（傍白）
やっぱりそうか……
（大声で）
そんなら，あんた方もあたしに見習うのよ。連れて行きたくても，あたしたちは行きたくないんだもの……機嫌を直さなくっちゃ……

| MORALÈS
モラレス | Il faudra bien.
(La scène est interrompue par un chœur chanté dans la coulisse.) |

こいつはまいった。
（突然，舞台裏から合唱が聞こえてくる）

No. 12 : Chœur et Ensemble　第12番：合唱とアンサンブル

| CHŒUR
合唱 | Vivat! vivat le torero!
Vivat! vivat Escamillo! |

ばんざい，闘牛士ばんざい！
ばんざい，エスカミーリョばんざい！

Jamais homme intrépide
N'a par un coup plus beau,
D'une main plus rapide,
Terrassé le taureau!

どんな闘牛士も，これまでに
こんなみごとな一撃で
こんなすばやい手さばきで
牛を倒したことはない！

Vivat! vivat le torero!
Vivat! vivat Escamillo!...

ばんざい，闘牛士ばんざい！
ばんざい，エスカミーリョばんざい！

| LE LIEUTENANT
中尉 | Qu'est-ce que c'est que ça? |

あれはなんだ？

MERCÉDÈS メルセデス	Une promenade aux flambeaux... たいまつ行列よ……
MORALÉS モラレス	Et qui promène-t-on? なんの行列だ？
FRASQUITA フラスキータ	Je le reconnais... c'est Escamillo... un torero qui s'est fait remarquer aux dernières courses de Grenade et qui promet d'égaler la gloire de Montes et de Pepe Illo... あら，わかったわ……エスカミーリョよ，今度のグラナダの闘牛でめきめき売り出して来た闘牛士よ。いまにあのモンテスや，ペペ・イーリョと並ぶだろうって評判よ……
MORALÉS モラレス	Pardieu, il faut le faire venir... nous boirons en son honneur! そいつはいい，招待しよう。あいつを祝って乾杯しよう。
LE LIEUTENANT 中尉	C'est cela, je vais l'inviter. *(Il va à la fenêtre.)* Monsieur le torero... voulez-vous nous faire l'amitié de monter ici? vous y trouverez des gens qui aiment fort tous ceux qui, comme vous, ont de l'adresse et du courage... それはいい！ やつを呼ぼう。 （窓のところへ行って） おおい，闘牛士さん。……ここへ上がって来て一杯やってくれませんか。剣のさばきと勇気を誉めたたえる人間が集まってるんですよ。 *(quittant la fenêtre)* Il vient... （窓を離れて） 来るぞ。……
PASTIA パスティア	*(suppliant)* Messieurs les officiers, je vous avais dit... （哀れっぽく） 将校さんがた，お願いですから！
LE LIEUTENANT 中尉	Ayez la bonté de nous laisser tranquille, maître Lillas Pastia, et faites-nous apporter de quoi boire... おいおい，落ち着けよ，パスティアのおやじ。飲み物を運ばせるんだ……

REPRISE DU CHŒUR 合唱	Vivat! vivat le torero! Vivat! vivat Escamillo! *(Paraît Escamillo.)*

ばんざい，闘牛士ばんざい！
ばんざい，エスカミーリョばんざい！
(エスカミーリョ登場)

Scène II　第2景

Les mêmes, Escamillo.　同じ人々，エスカミーリョ。

LE LIEUTENANT 中尉	Ces dames et nous, vous remercions d'avoir accepté notre invitation; nous n'avons pas voulu vous laisser passer sans boire avec vous au grand art de la tauromachie...

ここにいる一同を代表して，お立ち寄りに感謝します。せっかくの機会に，偉大なる闘牛の腕前に一献さしあげなければと思いまして……

ESCAMILLO エスカミーリョ	Messieurs les officiers, je vous remercie.

こちらこそ恐れ入ります，将校さんがた。

No. 13 : Couplets　第13番：クプレ

I

Votre toast... je peux vous le rendre,
Señors, car avec les soldats
Les toreros peuvent s'entendre,
Pour plaisir ils ont les combats.

この乾杯のお返しをさせてください。
なぜって　みなさん　軍人さんと
闘牛士とは，うまが合うもの，
どちらも闘うのを楽しみとする。

Le cirque est plein, c'est jour de fête
Le cirque est plein du haut en bas.

闘牛場は満員，お祭の日
闘牛場は満員，上から下まで。

Les spectateurs perdant la tête
S'interpellent à grands fracas;

　　見物人はわれを忘れて
　　大騒ぎ，そのどよめき！

Apostrophes, cris et tapage
Poussés jusques à la fureur,
Car c'est la fête du courage,
C'est la fête des gens de cœur.

　　わめいて，叫んで，足を鳴らして
　　ついには興奮のるつぼとなる,
　　なぜって　今日は武勇のお祭
　　血気さかんな人々のお祭だから。

Toréador, en garde,
Et songe en combattant
Qu'un œil noir te regarde
Et que l'amour t'attend.

　　トレドアール，構えはいいか！
　　だが忘れるな　闘いながらも忘れるな,
　　黒い瞳がおまえを見てるぞ,
　　恋がおまえを待ってるぞ。

TOUT LE MONDE　Toréador, en garde, etc., etc.
一同　　　　　　　*(Entre les deux couplets. Carmen remplit le verre d'Escamillo.)*

　　トレドアール，構えはいいか……etc.
　　（歌の間にカルメンはエスカミーリョのグラスに酒を注ぐ）

II

Tout d'un coup l'on fait silence;
Plus de cris! que se passe-t-il?

　　不意に場内，水を打って静まり返る
　　はて，どうしたんだ？

C'est l'instant, le taureau s'élance
En bondissant hors du toril...
Il entre, il frappe, un cheval roule
En entraînant un picador.

　　叫び声ひとつ立たない，その瞬間,
　　囲い場から跳ねあがって，牛がとび出す
　　突進！突進！突きかかる，馬が倒れる
　　ピカドールが引きずられる。

Bravo toro!... hurle la foule,
Le taureau va, vient, frappe encor...

〈ああ！ 強いぞ牛！〉と吠える観衆。
牛は進んで，来た来た！ また突きかかる。

En secouant ses banderilles...
Il court, le cirque est plein de sang;
On se sauve... on franchit les grilles;
Allons... c'est ton tour maintenant.

背中に立った投げ槍をゆさぶって，たけり狂って
牛は駈ける，闘牛場はもう血の海だ，
みんな逃げろ，柵をこえて逃げろ，
さあ，いまこそおまえの出番が来た。

Toréador, en garde,
Et songe en combattant
Qu'un œil noir te regarde
Et que l'amour t'attend.

トレアドール，構えはいいか！
だが忘れるな，闘いながらも忘れるな
黒い瞳がおまえを見てるぞ，
恋がおまえを待ってるぞ。

TOUT LE MONDE / 一同

Toréador, en garde, etc.
(On boit, on échange des poignées de main avec le torero.)

トレアドール，構えはいいか……etc.
(一同は酒を飲み，闘牛士と握手をかわす)

PASTIA / パスティア

Messieurs les officiers, je vous en prie.

将校さんがた，もう勘弁してくださいよ。

LE LIEUTENANT / 中尉

C'est bien, c'est bien, nous partons.
(Les officiers commencent à se préparer à partir. — Escamillo se trouve près de Carmen.)

わかってる，わかってる，すぐ行くよ。
(将校たちは出かける身仕度を始める。エスカミーリョがカルメンのそばにいる)

ESCAMILLO / エスカミーリョ

Dis-moi ton nom, et la première fois que je frapperai le taureau, ce sera ton nom que je prononcerai.

名前を聞いときたいな。今度の牛を倒すときにあんたの名を唱えようと思ってね。

CARMEN / カルメン

Je m'appelle la Carmencita.

カルメンシータっていうの。

ESCAMILLO エスカミーリョ	La Carmencita? カルメンシータ？
CARMEN カルメン	Carmen, la Carmencita, comme tu voudras. カルメン，カルメンシータ，どっちでもいいわ。
ESCAMILLO エスカミーリョ	Eh bien, Carmen, ou la Carmencita, si je m'avisais de t'aimer et de vouloir être aimé de toi, qu'est-ce que tu me répondrais? よし，カルメン，またはカルメンシータ，もしおれが，あんたと愛し愛されたいって気を起こしたら，なんて答える？
CARMEN カルメン	Je répondrais que tu peux m'aimer tout à ton aise, mais que quant à être aimé de moi pour le moment, il n'y faut pas songer! こう答えるわ。愛してくださるのはご随意だけど，愛される方は当分考えない方がいいわよ。
ESCAMILLO エスカミーリョ	Ah! あ！
CARMEN カルメン	C'est comme ça. まあそんなところね。
ESCAMILLO エスカミーリョ	J'attendrai alors et je me contenterai d'espérer... では待つとしようか，希望だけは捨てずに。
CARMEN カルメン	Il n'est pas défendu d'attendre et il est toujours agréable d'espérer. 待つのはご自由，希望があれば楽しいわ。
MORALÉS モラレス	(à Frasquita et Mercédès) Vous ne venez pas décidément? （フラスキータとメルセデスに） じゃ，どうしても来ないんだな？
MERCÉDÈS ET FRASQUITA メルセデスと フラスキータ	(sur un nouveau signe de Pastia) Mais non, mais non... （パスティアがもう一度合図するのを見て） だめよ，だめよ……
MORALÉS モラレス	(au lieutenant) Mauvaise campagne, lieutenant. （中尉に） 形勢不利です，中尉どの。

LE LIEUTENANT 中尉	Bah! la bataille n'est pas encore perdue... *(bas à Carmen)* Ecoute-moi, Carmen, puisque tu ne veux pas venir avec nous, c'est moi qui dans une heure reviendrai ici...

なあに！　まだ負けと決まったわけじゃない。
（小声でカルメンに）
いいか，カルメン，おまえが来ようとしないんなら，おれの方が一時間したら戻ってくるからな……

CARMEN カルメン	Ici...?

ここへ？

LE LIEUTENANT 中尉	Oui, dans une heure... après l'appel.

ああ，一時間して，点呼がすんだら。

CARMEN カルメン	Je ne vous conseille pas de revenir...

戻らないほうがいいわよ……

LE LIEUTENANT 中尉	*(riant)* Je reviendrai tout de même. *(haut)* Nous partons avec vous, torero, et nous nous joindrons au cortège qui vous accompagne.

（笑って）
そう言われても戻ってくるさ。
（大声で）
ご一緒しようや，闘牛士さん，あんたの行列に我々も加わりますよ。

ESCAMILLO エスカミーリョ	C'est un grand honneur pour moi, je tâcherai de ne pas m'en montrer indigne lorsque je combattrai sous vos yeux.

これはまた，光栄ですな。今度見に来てくださったら，これに恥じない闘いをお目にかけるとしましょう。

No. 13b : Chœur　第13番のb：合唱

REPRISE DE L'AIR 合唱の繰返し	Toréador, en garde, Et songe en combattant, etc., etc. *(Tout le monde sort, excepté Carmen, Frasquita, Mercédès et Lillas Pastia.)*

トレアドール，構えはいいか……
だが忘れるな，闘いながらも忘れるな…… etc., etc.
（一同退場。カルメン，フラスキータ，メルセデス，リリャス・パスティアだけが残る）

Scène III 第3景

Carmen, Frasquita, Mercédès Pastia.　カルメン，フラスキータ，メルセデス，パスティア。

FRASQUITA
フラスキータ
(Pastia)
Pourquoi étais-tu si pressé de les faire partir et pourquoi nous as-tu fait signe de ne pas les suivre?...

（パスティアに）
なぜあんなに急いでお客を追い出して，あたしたちを引きとめたの？

PASTIA
パスティア
Le Dancaïre et le Remendado viennent d'arriver... ils ont à vous parler de vos affaires, des affaires d'Egypte.

ダンカイロとレメンダードが帰って来たんだ。うまい話があるんだとさ。

CARMEN
カルメン
Le Dancaïre et le Remendado?...

ダンカイロとレメンダードが？

PASTIA
パスティア
(ouvrant une porte et appelant du geste)
Oui, les voici... tenez...
(Entrent le Dancaïre et le Remendado. - Pastia ferme les portes, met les volets etc. etc.)

（戸口をあけて，招く仕ぐさ）
さあさあ，お二人さん，お入り。
（ダンカイロとレメンダード登場。パスティアは戸口をしめ，雨戸をおろす）

Scène IV 第4景

Carmen, Frasquita, Mercédès, le Dancaïre, le Remendado.　カルメン，フラスキータ，メルセデス，ダンカイロ，レメンダード。

FRASQUITA
フラスキータ
Eh bien, les nouvelles?

で，話って，なに？

LE DANCAÏRE
ダンカイロ
Pas trop mauvaises les nouvelles; nous arrivons de Gibraltar...

悪くない話だぞ。おれたちはジブラルタルまで行って来たんだが……

LE REMENDADO レメンダード	Jolie ville, Gibraltar!... on y voit des Anglais, beaucoup d'Anglais, de jolis hommes les Anglais; un peu froids, mais distingués.
	いい町だね，ジブラルタルは！……イギリス人がいる，いっぱいいる。いい連中だぜ，イギリス人は。ちょっと冷たいけど，お品がよくて。
LE DANCAÏRE ダンカイロ	Remendado!...
	レメンダード！
REMENDADO レメンダード	Patron.
	へい，親分。
LE DANCAÏRE ダンカイロ	*(mettant la main sur son couteau)* Vous comprenez?
	(ナイフに手をかけて) わかってるな？
LE REMENDADO レメンダード	Parfaitement, patron...
	よくわかってます，親分……
LE DANCAÏRE ダンカイロ	Taisez-vous alors. Nous arrivons de Gibraltar, nous avons arrangé avec un patron de navire l'embarquement de marchandises anglaises. Nous irons les attendre près de la côte, nous en cacherons une partie dans la montagne et nous ferons passer le reste. Tous nos camarades ont été prévenus... ils sont ici, cachés, mais c'est de vous trois surtout que nous avons besoin... vous allez partir avec nous...
	それなら黙れ。おれたちはジブラルタルまで行ってな，ある船主に会って，イギリスの品物を積みこむ話をつけて来たんだ。おれたちは浜辺で待ち受けて，その一部を山の中に隠し，残りは持ちこむ。仲間をみんな呼び集めたから，みんなそこらに隠れてるが，どうしてもおまえたち三人の手を借りたいんだ……一緒に来てくれないか……
CARMEN カルメン	*(riant)* Pourquoi faire? pour vous aider à porter les ballots?...
	(笑って) でも，何をさせるの？ 荷運びでも手伝うの？
LE REMENDADO レメンダード	Oh! non... faire porter des ballots à des dames... ça ne serait pas distingué.
	とんでもない！……ご婦人がたに荷運びをさせるなんて……お品がいいとは言えないからね……

第2幕第4景　　69

LE DANCAÏRE ダンカイロ	*(menaçant)* Remendado?

（おどして）
レメンダード！

LE REMENDADO レメンダード	Oui, patron.

へい，親分。

LE DANCAÏRE ダンカイロ	Nous ne vous ferons pas porter des ballots, mais nous aurons besoin de vous pour autre chose.

荷運びじゃないが，ほかのことでおまえたちの手を借りたいんだ。

No. 14：Quintette　　第14番：五重唱

LE DANCAÏRE
ダンカイロ
Nous avons en tête une affaire.
ひと仕事　思いついたのさ。

MERCÉDÈS
メルセデス
Est-elle bonne, dites-nous?
うまい仕事なの？

LE REMENDADO
レメンダード
Elle est admirable, ma chère;
Mais nous avons besoin de vous.
すてきな仕事さ。うけ合うよ。
だが，おまえたちの助けが要る。

LES TROIS FEMMES
女三人
De nous?
あたしたちの？

LES DEUX HOMMES
男二人
De vous,
おまえたちのだ。

Car nous l'avouons humblement,
Et très-respectueusement,
正直なところをいえば，
腹を割って打ち明ければ，

En matière de tromperie,
De duperie,
De volerie,
Il est toujours bon, sur ma foi,
D'avoir les femmes avec soi,

詐欺だの
かたりだの
盗みだのをやるとなったら，
いつだって，ほんとうは，
女を仲間にしておくことだ。

Et sans elles,
Mes toutes belles,
On ne fait jamais rien de bien.

女がいないと，
なあ，ねえさんがた，
けっしてうまく行かないものさ。

LES TROIS FEMMES
女三人

Quoi? sans nous jamais rien
De bien?

まあ！ あたしたちがいないと
うまくいかない？

LES DEUX HOMMES
男二人

N'êtes-vous pas de cet avis?

そう思わないか？

LES TROIS FEMMES
女三人

Si fait, je suis
De cet avis.

ううん，思うわ，
そのとおりよ。

TOUS LES CINQ
五人全員

En matière de tromperie,
De duperie,
De volerie,
Il est toujours bon, sur ma foi,
D'avoir les femmes avec soi,

詐欺だの
かたりだの
盗みだのをやるとなったら，
いつだって，ほんとうは，
女を仲間にしておくことだ。

>   Et sans elles,
>   Les toutes belles,
>   On ne fait jamais rien de bien.
>
>   女がいないと，
>   なあ，みなさんがた，
>   けっしてうまくいかないものさ。

LE DANCAÏRE ダンカイロ	C'est dit alors, vous partirez. 話がついたら，さて 行こうか。
MERCÉDÈS ET FRASQUITA メルセデスとフラスキータ	Quand vous voudrez. いつでも行くわ。
LE REMENDADO レメンダード	Mais tout de suite. よし，すぐ行こう。
CARMEN カルメン	Ah! permettez; ああ！ 待って。
	(à Mercédès et Frasquita) S'il vous plaît de partir, partez, Mais je ne suis pas du voyage; Je ne pars pas... je ne pars pas. （メルセデスとフラスキータに） 行きたいんなら 行ってもいいけど あたしはだめだわ 行けないわ 行けないのよ。
LE DANCAÏRE ダンカイロ	Carmen, mon amour, tu viendras, Et tu n'auras pas le courage De nous laisser dans l'embarras. カルメン そう言わずと，来てくれよ， まさか このおれたちを 困らせようというんじゃないだろ。
CARMEN カルメン	Je ne pars pas, je ne pars pas. 行けないの 行けないのよ。
LE REMENDADO レメンダード	Mais au moins la raison, Carmen, tu la diras? それならせめて，カルメン，わけを聞かせろよ。

CARMEN カルメン	Je la dirai certainement; La raison, c'est qu'en ce moment Je suis amoureuse.
	わけなら言うわ。 わけというのは，じつはいま…… あたし，恋をしてるの。
LES DEUX HOMMES 男二人	*(stupéfaits)* Qu'a-t-elle dit?
	（ぽかんとして） なんだって？
FRASQUITA フラスキータ	Elle dit qu'elle est amoureuse.
	恋をしてる，ですって。
LES DEUX HOMMES 男二人	Amoureuse!
	恋をしてる？
LES DEUX FEMMES 女二人	Amoureuse!
	恋をしてる！
CARMEN カルメン	Amoureuse!
	そう，恋をしてるの！
LES DEUX HOMMES 男二人	Voyons, Carmen, sois serieuse.
	おいおい，カルメン！ まじめにやれよ。
CARMEN カルメン	Amoureuse à perdre l'esprit.
	恋しくて　首ったけなの！
LES DUEX HOMMES 男二人	Certes, la chose nous étonne, Mais ce n'est pas le premier jour Où vous aurez su, ma mignonne, Faire marcher de front le devoir et l'amour.
	こいつは驚き桃の木だ。 だが　今日に始まったことじゃあるまいし， おまえさんはいつだって，なあおい， 仕事と恋とを一緒にやってのけたじゃないか。

CARMEN カルメン	Mes amis, je serais fort aise De pouvoir vous suivre ce soir, Mais cette fois, ne vous déplaise, Il faudra que l'amour passe avant le devoir.
	でもね，ほんとうに今夜は 一緒に行きたいところだけど 今度ばかりは，気を悪くしないでね， 恋の方が仕事より先に立つのよ。
LE DANCAÏRE ダンカイロ	Ce n'est pas là ton dernier mot?
	どうしてもいやか？
CARMEN カルメン	Pardonnez-moi.
	どうしても！
LE REMENDADO レメンダード	Carmen, il faut Que tu te laisses attendrir.
	カルメン，何とか 考え直してくれよ！
TOUS LES QUATRE 四人	Il faut venir, Carmen, il faut venir. Pour notre affaire, C'est néressaire, Car entre nous.
	おいでよ　カルメン，来なくちゃだめだ！ ひとり欠けても 仕事にならない。 わかってるだろ。
LES DEUX FEMMES 女二人	Car entre nous...
	わかってるでしょ……
CARMEN カルメン	Quant à cela, je l'admets avec vous.
	そのことなら，よくわかってるわ。
REPRISE GÉNÉRALE 一同	En matière de tromperie De duperie, De volerie, etc.
	詐欺だの かたりだの 盗みだのをやるとなったら，etc.

LE DANCAÏRE ダンカイロ	En voilà assez; je t'ai dit qu'il fallait venir, et tu viendras... je suis le chef...
	もういい。おれが来いと言ったからには来るんだ。おれがかしらだからな。
CARMEN カルメン	Comment dis-tu ça?
	どうしてそんなこと言うの？
LE DANCAÏRE ダンカイロ	Je te dis que je suis le chef...
	おれがかしらだからさ。……
CARMEN カルメン	Et tu crois que je t'obéirai?...
	あたし，言うことを聞くと思う？
LE DANCAÏRE ダンカイロ	(furieux) Carmen!...
	(怒って) カルメン！
CARMEN カルメン	(très-calme) Eh bien!...
	(落ち着き払って) なによ！
LE REMENDADO レメンダード	(se jetant entre le Dancaïre et Carmen) Je vous en prie... des personnes si distinguées...
	(ダンカイロとカルメンの間に割り込んで) 頼むよ……お品よくやってくれよ……
LE DANCAÏRE ダンカイロ	(envoyant un coup de pied que le Remendado évite) Attrape ça, toi...
	(レメンダードを蹴とばすが，相手はうまくかわす) この野郎！
LE REMENDADO レメンダード	(se redressant) Patron...
	(立ち直って) へい，親分。
LE DANCAÏRE ダンカイロ	Qu'est-ce que c'est?
	何を言いたいんだ？
LE REMENDADO レメンダード	Rien, patron!
	なんでもないです！

LE DANCAÏRE ダンカイロ	Amoureuse... ce n'est pas une raison, cela. 恋だなんて，理由にならんぞ，そんなことは。
LE REMENDADO レメンダード	Le fait est que ce n'en est pas une... moi aussi je suis amoureux et ça ne m'empêche pas de me rendre utile. たしかに理由にはならないね……恋ならおれだってしてるけど，お役には立つぜ。
CARMEN カルメン	Partez sans moi... j'irai vous rejoindre demain... mais pour ce soir je reste... 先に行ってよ……あしたになったら追い着くわ。でも今夜はここに残る。
FRASQUITA フラスキータ	Je ne t'ai jamais vue comme cela; qui attends-tu donc?... あんたがそんなことを言うの，初めてだわ。いったい誰を待ってるの？
CARMEN カルメン	Un pauvre diable de soldat qui m'a rendu service... あたしを助けてくれたかわいそうな兵隊さん。……
MERCÉDÈS メルセデス	Ce soldat qui était en prison? 営倉に入ってたって人？
CARMEN カルメン	Oui... そう。……
FRASQUITA フラスキータ	Et à qui, il y a quinze jours, le geôlier a remis de ta part un pain dans lequel il y avait une pièce d'or et une lime?... でもたしか二週間前に，金貨とヤスリを仕込んだパンを差し入れたんでしょ？
CARMEN カルメン	*(remontant vers la fenêtre)* Oui. （窓に近寄って） ええ。
LE DANCAÏRE ダンカイロ	Il s'en est servi de cette lime?... で，やつはそのヤスリを使ったのかい？
CARMEN カルメン	*(remontant vers la fenêtre)* Non. （窓に近寄って） いいえ。

第2幕第4景

LE DANÇAÏRE
ダンカイロ

> Tu vois bien! ton soldat aura eu peur d'être puni plus rudement qu'il ne l'avait été; ce soir encore il aura peur... tu auras beau entr'ouvrir les volets et regarder s'il vient, je parierais qu'il ne viendra pas.

それ見ろ！　その兵隊のやつ，罰が重くなるのが怖くなったんだ。今夜だって同じさ。……そうやって雨戸の隙間から覗いたって無駄だよ，来やしないさ。来ない方に賭けるね。

CARMEN
カルメン

> Ne parie pas, tu perdrais...
> *(On entend dans le lointain la voix de Don José.)*

賭けない方がいいわよ。負けるから。……
（遠くからホセの声が聞こえる来る）

No. 15 : Chanson　第15番：歌

JOSÉ
ホセ

> *(la voix très éloignée)*
> Halte-là!
> Qui va là?
> Dragon d'Almanza!
> Où t'en vas-tu par là,
> Dragon d'Almanza?

（遠くから）
とまれ！
誰だ？
アルカラの龍騎兵！＊
どこへ行く気だ
アルカラの龍騎兵？

> Moi je m'en vais faire,
> A mon adversaire,
> Mordre la poussière.

憎いかたきを
やっつけに
出かけるところ。

＊訳註）メリメの原作では「アルマンサ連隊」とあるので，台本も当初は「アルマンサ」となっていたらしいが，ビゼー自身がのちに「アルカラ」に改めたといわれる。歌うときの響きをよくしたものだろう。今では一般に「アルカラ」と歌われるので，ここでも訳文は「アルカラ」に統一した。

> S'il en est ainsi,
> Passez mon ami.
> Affaire d'honneur,
> Affaire de cœur,
> Pour nous tout est là,
> Dragons d'Almanza.

そうか，それなら
よし 通れ，
名誉のことと
恋のこと,
おれたちには それがすべてだ,
おれたちアルカラの龍騎兵！

La musique n'arrête pas. Carmen, le Dancaïre, le Remendado, Mercédès et Frasquita, par les volets entr'ouverts, regardent venir Don José.

音楽は続いている。カルメン，ダンカイロ，レメンダード，メルセデス，フラスキータは，雨戸の隙間からホセが来るのを見つめる。

MERCÉDÈS
メルセデス
C'est un dragon, ma foi.
たしかにあれは龍騎兵だわ。

FRASQUITA
フラスキータ
Et un beau dragon.
男前の龍騎兵ね。

LE DANCAÏRE
ダンカイロ
(à Carmen)
Eh bien, puisque tu ne veux venir que demain, sais-tu au moins ce que tu devrais faire?
（カルメンに）
よし，明日まで来たくないとすれば，せめてどうすればいいかは知ってるだろうな？

CARMEN
カルメン
Qu'est-ce que je devrais faire?...
どうすればいいの？

LE DANCAÏRE
ダンカイロ
Tu devrais décider ton dragon à venir avec toi et à se joindre à nous.
その龍騎兵もつれて来ておれたちの仲間に引き入れるんだ。

CARMEN
カルメン
Ah!... si cela se pouvait!... mais il n'y faut pas penser... ce sont des bêtises... il est trop niais.
ああ！ そうできたらいいんだけど……とてもだめよ……考えるだけ無駄だわ……馬鹿正直すぎる人だもの。

LE DANCAÏRE
ダンカイロ

Pourquoi l'aimes-tu puisque tu conviens toi-même...

自分でそう言いながら、なんだってそんなやつに惚れたんだ。

CARMEN
カルメン

Parce qu'il est joli garçon donc et qu'il me plaît.

美男子で，気に入ったから。

LE REMENDADO
レメンダード

(avec fatuité)
Le patron ne comprend pas ça, lui... qu'il suffise d'être joli garçon pour plaire aux femmes...

（気取って）
それじゃあ親分にはわからないよ……美男子でさえあれば女にもてるだなんて……

LE DANCAÏRE
ダンカイロ

Attends un peu, toi, attends un peu...
(Le Remendado se sauve et sort. Le Dancaïre le poursuit et sort à son tour entrainant Mercédès et Frasquita qui essaient de le calmer.)

こいつ，待て，待てったら……
（レメンダードは逃げて退場。ダンカイロもそれを追いかけて退場。メルセデスとフラスキータはこれをなだめようとして追いながら退場）

No. 15b : Chanson　第15番のb：歌

JOSÉ
ホセ

(la voix beaucoup plus rapprochée)
Halte-là!
Qui va là?
Dragon d'Almanza!
Où t'en vas-tu par là,
Dragon d'Almanza?

（声が次第に近づく）
とまれ！
誰だ？
アルカラの龍騎兵！
どこへ行く気だ
アルカラの龍騎兵？

Exact et fidèle,
Je vais où m'appelle
L'amour de ma belle.

いとしい女の
呼ぶところ
行かねば男がすたる。

S'il en est ainsi,
Passez mon ami.
Affaire d'honneur,
Affaire de cœur,
Pour nous tout est là,
Dragons d'Almanza!
(Entre Don José.)

そうか　それなら
よし　通れ,
名誉のことと
恋のこと,
おれたちには　それがすべてだ,
おれたちアルカラの龍騎兵！
(ホセ登場)

Scène V　第5景

Don José, Carmen.　ホセ，カルメン。

CARMEN カルメン	Enfin... te voilà... C'est bien heureux! やっと……来てくれたのね……よかったわ！
JOSÉ ホセ	Il y a deux heures seulement que je suis sorti de prison. ついさっき営倉から出たばかりなんだ。
CARMEN カルメン	Qui t'empêchait de sortir plus tôt? Je t'avais envoyé une lime et une pièce d'or... avec la lime il fallait scier le plus gros barreau de ta prison... avec la pièce d'or il fallait, chez le premier fripier venu, changer ton uniforme pour un habit bourgeois. どうしてもっと早く出て来なかったの？　ヤスリと金貨を入れてあげたじゃないの……ヤスリがあればどんな太い鉄格子でも切れるし……金貨があれば，最初に見つけた古着屋で軍服を平服に替えられるし。
JOSÉ ホセ	En effet, tout cela était possible. たしかに，しようと思えばできた。
CARMEN カルメン	Pourquoi ne l'as-tu pas fait? どうしてしなかったの？

JOSÉ ホセ	Que veux-tu? j'ai encore mon honneur de soldat, et déserter me semblerait un grand crime... Oh! je ne t'en suis pas moins reconnaissant... Tu m'as envoyé une lime et une pièce d'or... La lime me servira pour affiler ma lance et je la garde comme souvenir de toi.

どうしてって，おれにはまだ軍人の誇りがあるんし，脱走なんて大変な罪じゃないか。……でも，おまえには感謝してるよ……ヤスリと金貨を送ってくれたんだからな……ヤスリは槍を研ぐのに役立つし，おまえの思い出にとっておくよ。

(lui tendant la pièce d'or)
Quant à l'argent...

（金貨を差し出して）
金貨の方は……

CARMEN カルメン	Tiens, il l'a gardé!... ça se trouve à merveille...

まあ，とっといたのね！……ちょうどいいわ……

(criant et frappant)
Holà!... Lillas Pastia, holà!... nous mangerons tout... tu me régales... holà!...
(Entre Pastia.)

（テーブルを叩いて呼ぶ）
ちょっと！ リリャス・パスティア，ちょっと！……あたしたち，なんでも食べるわ……ご馳走してよ……ねえ！ ちょっと！
（パスティア登場）

PASTIA パスティア	*(l'empêchant de crier)* Prenez donc garde...

（叫ぶのをやめさせて）
気をつけてくれよ……

CARMEN カルメン	*(lui jetant la pièce)* Tiens, attrape... et apporte-nous des fruits confits; apporte-nous des bonbons, apporte nous des oranges, apporte-nous du Manzanilla... apporte-nous de tout ce que tu as, de tout, de tout...

（金貨をパスティアに投げつけて）
ほら，取って……持って来てよ，果物の砂糖漬けに，ボンボンに，オレンジに，マンサニーヤ……あるものはなんでも，全部，全部よ……

PASTIA パスティア	Tout de suite, mademoiselle Carmencita. *(Il sort.)*

はいはい，すぐお持ちしますよ，カルメンシータさま。
（退場）

CARMEN カルメン	*(à José)* Tu m'en veux alors et tu regrettes de t'être fait mettre en prison pour mes beaux yeux?

（ホセに）
それじゃあ，あんた，あたしを恨んでるんでしょう。あたしに迷って営倉に入れられたのがくやしいんでしょう？

JOSÉ ホセ	Quant à cela non, par exemple.

そのことなら，何でもないんだ。

CARMEN カルメン	Vraiment?

ほんと？

JOSÉ ホセ	L'on m'a mis en prison, l'on m'a ôté mon grade, mais ça m'est égal.

営倉に入れられて，伍長の位も剝奪されたけど，そんなことはどうでもいいんだ。

CARMEN カルメン	Parce que tu m'aimes?

あたしを愛してるから？

JOSÉ ホセ	Oui, parce que je t'aime, parce que je t'adore.

そうとも，愛してるからさ，大好きだからさ。

CARMEN カルメン	*(mettant ses deux mains dans les mains de José)* Je paie mes dettes... c'est notre loi à nous autres bohémiennes... Je paie mes dettes... je paie mes dettes... *(Rentre Lilla Pastia apportant sur un plateau des oranges, des bonbons, des fruits confits, du Manzanilla.)*

（ホセの手の中に自分の両手を置いて）
あたし，借りを返すわ。知ってるわね……あたしたちジプシー女の掟なのよ。……あたし，借りを返すわ……返すわよ……
（リリャス・パスティアが，盆の上にオレンジやボンボンや果物の砂糖漬けやマンサニーヤを載せて登場）

	Mets tout cela ici... d'un seul coup, n'aie pas peur... *(Pastia obéit et la moitié des objets roule par terre.)*

全部ここへ置いて頂戴……全部一度に，大丈夫だから……
（パスティアは言われたとおりにするが，食べ物の半分は地べたにころげ落ちる）

> Ça ne fait rien, nous ramasserons tout ça nous-mêmes... sauve-toi maintenant, sauve-toi, sauve-toi.
> *(Pastia sort.)*
> Mets-toi là et mangerons de tout! de tout! de tout!
> *(Elle est assise. Don José s'assied enface d'elle.)*

平気。平気。あたしたちでみんな拾うから……さあもう行ってよ，行って，行って。
(パスティア退場)
坐ってよ，さあ食べましょう，全部，全部，全部！
(カルメンは坐り，ホセはこれと向き合って坐る)

JOSÉ
ホセ
> Tu croques les bonbons comme un enfant de six ans...

ボンボンをそんなにカリカリ食べるなんて、まるで六つの子供だね……

CARMEN
カルメン
> C'est que je les aime... Ton lieutenant était ici tout à l'heure, avec d'autres officiers, ils nous ont fait danser la Romalis...

だって好きなんだもの……そうそう、あんたの隊の中尉さんがさっきまでここにいたわよ、ほかの将校たちと一緒に。あたしたちにジプシー踊りを踊らせたりして……

JOSÉ
ホセ
> Tu as dansé?

で，踊ったのか？

CARMEN
カルメン
> Oui; et quand j'ai eu dansé, ton lieutenant s'est permis de me dire qu'il m'adorait...

そりゃ、踊ったわ！ 中尉さんったら、あたしが好きだとまで言ったわよ。

JOSÉ
ホセ
> Carmen!...

カルメン！……

CARMEN
カルメン
> Qu'est-ce que tu as?... Est-ce que tu serais jaloux, par hasard?...

あら、どうしたの？……もしかして、やいてるの？……

JOSÉ
ホセ
> Mais certainement, je suis jaloux...

そうとも、やいてる。

| CARMEN カルメン | Ah bien!... Canari, va!... tu es un vrai canari d'habit et de caractère... allons, ne te fâche pas... pourquoi es-tu jaloux? parce que j'ai dansé tout à l'heure pour ces officiers... Eh bien, si tu le veux, je danserai pour toi maintenant, pour toi tout seul. |

あらまあ！……カナリヤさん＊ね！……ほんとにカナリヤみたいな兵隊さんだわ，服の色も性質も。……ねえ，怒らないでよ……どうしてやくの？ さっき将校たちに踊ってみせたからね……いいわ，よかったらあたし，今度はあんたのために踊るわ，あんただけに。

| JOSÉ ホセ | Si je le veux, je crois bien que je le veux... |

よかったらって，もちろんいいさ……

| CARMEN カルメン | Où sont mes castagnettes?... qu'est-ce que j'ai fait de mes castagnettes?
(en riant)
C'est toi qui me les a prises, mes castagnettes? |

あたしのカスタネットがないわ……どこへやったのかしら？
（笑って）
あんたが隠したんでしょう！

| JOSÉ ホセ | Mais non! |

ちがうよ！

| CARMEN カルメン | *(tendrement)*
Mais si, mais si... je suis sûr que c'est toi... ah! bah! en voilà des castagnettes. |

（優しく）
そうよ，そうよ，……あんたに決まってるわ。……もういい！ これがカスタネットよ。

(Elle casse une assiette, avec deux morceaux de faïence, se fait des castagnettes et les essaie.)
Ah! ça ne vaudra jamais mes castagnettes... Où sont-elles donc?

（皿を一枚たたき割って，その破片をカスタネットの代わりに鳴らしてみる）
ああ！ いつものようにはいかないわ……どこへ行ったのかしら？

＊訳註）スペインの龍騎兵の制服が黄色であることから。

JOSÉ ホセ	*(trouvant les castagnettes sur la table à droite)* Tiens! les voici.	

（カスタネットを右手のテーブルの上に見つけて）
なんだ，ここにあるよ。

CARMEN カルメン	*(riant)* Ah! tu vois bien... c'est toi qui les avais prises...	

（笑って）
あら！　目がいいのね……やっぱりあんたが取ったんだわ。

JOSÉ ホセ	Ah! que je t'aime, Carmen, que je t'aime!	

好きだ，カルメン，大好きだ！

CARMEN カルメン	Je l'espère bien.	

嬉しいわ，あたしも。

No. 16 : Duo　第16番：二重唱

CARMEN カルメン	Je vais danser en votre honneur Et vous verrez, seigneur, Comment je sais moi-même accompagner ma danse. Mettez-vous là Don José, je commence.	

つたない踊りをお目にかけます。
どうぞごらんあそばして，
踊りも伴奏もひとりでいたします。
そこへ坐って頂戴，ドン・ホセ，始めるわ。

(Elle fait asseoir Don José dans un coin du théâtre. Petite danse. Carmen, du bout des lèvres, fredonne un air qu'elle accompagne avec ses castagnettes. Don José la dévore des yeux. On entend au loin, très-au loin, des clairons qui sonnent la retraite. Don José prête l'oreille. Il croit entendre les clairons, mais les castagnettes de Carmen claquent très bruyamment. Don José s'approche de Carmen, lui prend le bras, et l'oblige à s'arrêter.)

（ホセを舞台の片隅に坐らせる。小さな踊り。カルメンは歌の節を口ずさみながら，カスタネットで伴奏する。ホセはむさぼるように見つめる。はるか遠くで，帰営を告げるラッパの音。ホセは耳をそばだてる。ラッパが聞こえたような気がしたのに，カルメンのカスタネットがけたたましい。ホセはカルメンに近づき，腕を捉えて無理に踊りをやめさせる）

JOSÉ ホセ	Attends un peu, Carmen, rien qu'un moment, arrête.	

ちょっと待って，カルメン，ちょっとだけやめてくれ……

CARMEN カルメン	Et pourquoi, s'il te plaît?	

どうしてなの？

JOSÉ ホセ	Il me semble, là-bas... Oui, ce sont nos clairons qui sonnent la retraite, Ne les entends-tu pas?

   なんだか，遠くで……
   そうだ，うちの連隊のラッパ手だ，帰営ラッパだ，
   聞こえないか？

CARMEN カルメン	Bravo! j'avais beau faire... Il est mélancolique De danser sans orchestre. Et vive la musique Qui nous tombe du ciel!

   ブラヴォー，無駄骨を折らずにすむわ。
   オーケストラなしで踊るなんて，憂鬱だもの。
   うまい具合に音楽が天から降って来たじゃないの！

(Elle reprend sa chanson qui se rhythme sur la retraite sonnée au dehors par les clairons. Carmen se remet à danser et Don José se remet à regarder Carmen. La retraite approche... approche... approche, passe sous les fenêtres de l'auberge... puis s'éloigne... Le son des clairons va s'affaiblissant. Nouvel effort de Don José pour s'arracher à cette contemplation de Carmen... Il lui prend le bras et l'oblige encore à s'arrêter.)

  （舞台の外から聞こえてくる帰営ラッパに合わせてリズムをとりながら，歌を続け，
  再び踊り始める。ホセも再びカルメンを見つめる。帰営ラッパはしだいに近づき
  ……酒場の窓の下を通り……やがて遠ざかる。ラッパの音が弱まっていく。ホセは
  もう一度，カルメンに見とれるのをやめようとする……カルメンの腕を捉えて踊り
  をやめさせる）

JOSÉ ホセ	Tu ne m'as pas compris... Carmen, c'est la retraite... Il faut que, moi, je rentre au quartier pour l'appel. *(Le bruit de la retraite cesse tout à coup.)*

   わかってないなあ，カルメン，あれは帰営ラッパだ。
   点呼だから，おれは兵舎に帰らなくちゃ！
   （帰営ラッパがばったりと聞こえなくなる）

CARMEN カルメン	*(regardant Don José qui remet sa giberne et rattache le ceinturon de son sabre)* Au quartier! pour l'appel! Ah, j'étais vraiment trop bête!

   （ポカンとして，ホセが身仕度をし始めるのを見つめていたが）
   兵営ですって！　点呼ですって！
   ああ！　あたし　ほんとに馬鹿だった！

Je me mettais en quatre et je faisais des frais
Pour amuser monsieur! je chantais... je dansais...
Je crois, Dieu me pardonne,
Qu'un peu plus, je l'aimais...

　　必死になって　身銭を切って，
　　楽しんでもらおうと，歌も歌って　踊りも踊って，
　　くやしいわ，もうすっかり
　　好きになったつもりなのに！

Ta ra ta ta, c'est le clairon qui sonne!
Il part! il est parti!
Va-t'en donc, canari.

　　タラタタ，やあラッパだぞ！
　　タラタタ，とたんに行っちゃうなんて！
　　帰ってよ，カナリヤさん！

(avec fureur, lui envoyant son shako à la volée)
Prends ton shako, ton sabre, ta giberne,
Et va-t'en, mon garçon, retourne à ta caserne.

　　（怒ってホセの軍帽を投げつける）
　　ほら　軍帽よ，サーベルよ，弾薬入れよ。
　　帰って，坊や，帰ってよ，兵営に帰ればいいわ！

JOSÉ ホセ	C'est mal à toi, Carmen, de te moquer de moi; Je souffre de partir... car jamais, jamais femme, Jamais femme avant toi Aussi profondément n'avait troubé mon âme.

　　ひどいなあ，カルメン，おれをからかうのかい。
　　おれだって行くのはつらいんだ，だってこれまでどんな女も，
　　どんな女もおまえほどには，
　　こんなにおれの魂をゆさぶったことがないんだから！

CARMEN カルメン	Il souffre de partir, car jamais, jamais femme, Jamais femme avant moi Aussi profondément n'avait troubé son âme Ta ra ta ta, mon Dieu... c'est la retraite, Je vais être en retard. Il court, il perd la tête, Et voilà son amour.

　　彼だって行くのはつらいんだ，だってこれまでどんな女も
　　どんな女もあたしほどには
　　こんなに彼の魂をゆさぶったことはないんですって！
　　タラタタ，いけねえ，帰営ラッパだ，
　　遅れちゃ大変，泡をくらって駈けて行く，
　　そんな愛し方ってあるかしら。

JOSÉ ホセ	Ainsi tu ne crois pas A mon amour?

じゃあ，信じてくれないのかい
おれの愛を？

CARMEN カルメン	Mais non!

信じるものですか！

JOSÉ ホセ	Eh bien! tu m'entendras.

そうか！ それなら聞いてくれ。

CARMEN カルメン	Je ne veux rien entendre... Tu vas te faire attendre.

なんにも聞きたくないわ。
遅くなるわよ。

JOSÉ ホセ	*(violemment)* Tu m'entendras, Carmen, tu m'entendras! *(De la main gauche il a saisi brusquement le bras de Carmen; de la main droite, il va chercher sous sa veste d'uniforme la fleur de cassie que Carmen lui a jetée au premier acte. - Il montre cette fleur à Carmen.)*

（激しく）
たのむ，カルメン，聞いてくれ！
（左手でいきなりカルメンの腕をつかむ。右手で軍服の上着のポケットをさぐって，第1幕でカルメンから投げつけられたカシアの花をとり出す。それをカルメンに見せながら）

La fleur que tu m'avais jetée,
Dans ma prison m'était restée,
Flétrie et sèche, cette fleur
Gardait toujours sa douce odeur;

おまえの投げた　この花を
営倉のなかでも手放さなかった
しぼんで　ひからびてしまっても
甘い匂いは変わらなかった。

Et pendant des heures entières,
Sur mes yeux fermant mes paupiéres,
De cette odeur je m'enivrais
Et dans la nuit je te voyais.

何時間も　何時間も　じっと
まぶたを閉じたまま
その匂いに酔いしれながら
闇のなかでおまえを思い浮かべた。

Je me prenais à te maudire,
A te détester, à me dire:
Pourquoi faut-il que le destin
L'ait mise là sur mon chemin?

おまえを呪ってやりたいと思った
おまえを憎んで，こう言いかけた，
なんでまた，あんな女に
おれはめぐり会ったんだろう？　と。

Puis je m'accusais de blasphème
Et je ne sentais en moi-même
Qu'un seul désir, un seul espoir,
Te revoir, Carmen, oui, te revoir!...

そのあとで，そんな自分を責めたてて
気がつけば，おれののぞみは
ただひとつ，希望はひとつ，もう一度
おまえに会うこと，おおカルメン，おまえに会うこと！

Car tu n'avais eu qu'à paraître.
Qu'à jeter un regard sur moi
Pour t'emparer de tout mon être
Et i'étais une chose à toi.
Carmen, je t'aime!

だって，おまえはやって来て
おれをちらりと見ただけで，もう
おれをとりこにしちまったんだ
おれはおまえのものだったんだ。
カルメン，おまえが好きだ！

CARMEN
カルメン

Non, tu ne m'aimes pas, non, car si tu m'aimais,
Là-bas, là-bas, tu me suivrais.

いいえ好きじゃないわ！　だってあたしが好きならば
どこまでもあたしについて来るはずだもの！

JOSÉ
ホセ

Carmen!

カルメン！

CARMEN
カルメン

Là-bas, là-bas dans la montagne,
Sur ton cheval tu me prendrais,
Et comme un brave à travers la campagne,
En croupe, tu m'emporterais.

遠く，遠く，山の中まで。
あんたの馬にあたしを乗せて
男らしく　野を駈け抜けて
あたしをさらって行くはずだもの。

JOSÉ ホセ	Carmen! カルメン！	

CARMEN
カルメン

Là-bas, là-bas, si tu m'aimais,
Là-bas, là-bas, tu me suivrais.

あたしが好きなら来るはずだもの。
どこまでもあたしについて来るはずだもの！

Tu n'y dépendrais de personne,
Point d'officier à qui tu doives obéir,
Et point de retraite qui sonne
Pour dire à l'amoureux qu'il est temps de partir.

そうすれば誰に遠慮もいらないし，
上官の言うことも聞かずにすむわ，
恋のさなかに帰れといって
帰営ラッパも鳴らないわ！

JOSÉ
ホセ

Carmen!

カルメン！

CARMEN
カルメン

Le ciel ouvert, la vie errante,
Pour pays l'univers, pour loi ta volonté,
Et surtout la chose enivrante,
La liberté! la liberté!

空はひろびろ，さすらいの暮らし
世界をねぐらに，気ままに生きる！
そして　なにより素晴らしいのは
自由よ！　自由なのよ！

Là-bas, là-bas, si tu m'aimais,
Là-bas, là-bas, tu me suivrais.

どこまでも，あたしが好きなら
どこまでも一緒についてくるはずよ！

JOSÉ
ホセ

(presque vaincu)
Carmen!

（ほとんど打ち負かされて）
カルメン！

CARMEN
カルメン

Là-bas, là-bas, tu me suivras,
Tu m'aimes et tu me suivras.

そうよ　ね　どこまでもあたしについてくるわよ　ね！
あたしが好きならついてくるのよ！

JOSÉ ホセ	*(s'arrachant brusquement des bras de Carmen)* Non, je ne veux plus t'écouter... Quitter mon drapeau déserter... C'est la honte, c'est l'infamie, Je n'en veux pas!

(烈しくカルメンの腕をふりほどいて)
いやだ　もう聞きたくない！
軍旗を捨てて　脱営する……
恥だ　恥辱だ
そんなことはしたくない！

CARMEN カルメン	Eh bien, pars!

なら　帰ってよ！

JOSÉ ホセ	Carmen, je t'en prie...

カルメン　お願いだ！

CARMEN カルメン	Je ne t'aime plus, va, je te hais!

いやよ，もう嫌い！　行って！　嫌いなんだから！

JOSÉ ホセ	Carmen!

カルメン！

CARMEN カルメン	Adieu! mais adieu pour jamais.

さよなら！　永久にさよなら。

JOSÉ ホセ	Eh bien, soit... adieu pour jamais. *(Il va en courant jusqu'à laporte... Au momentoù il arrive, on frappe... Don José s'arrête. silence. On frappe encore.)*

そうか，しかたがない！　永久にさよなら。
(ホセ，戸口へ駈け寄る。ちょうど扉のところまで行ったとき，外から叩く音。ホセ立ち止まる。沈黙。もう一度叩く音)

Scène VI　第6景

Les mêmes, le lieutenant.　同じ人々，中尉。

No. 17 : Final　第17番：フィナーレ

LE LIEUTENANT 中尉	*(au dehors)* Holà! Carmen! Holà! holà!

(外で)
おおい！　カルメン！　おれだ！　おれだ！

JOSÉ ホセ	Qui frappe? qui vient là? 誰だ？　誰が来たんだ？	
CARMEN カルメン	Tais-toi!... しっ，黙って！	
LE LIEUTENANT 中尉	*(faisant sauter la porte)* J'ouvre moi-même et j'entre. *(Il entre et voit Don José.)* （勢いよく扉をあけて登場） 勝手にあけて入るとするぜ。…… （入って来てホセを見る） *(à Carmen)* Ah! fi, la belle, Le choix n'est pas heureux; c'est se mésallier De prendre le soldat quand on a l'officier. *(à Don José)* Allons! décampe. （カルメンに） ありゃりゃ　なんだ　なんだ　こいつは。 ひどい話だ　将校というものがおるのに 兵隊をこっそりくわえこむのか。 （ホセに） さあ！　とっとと失せろ！	
JOSÉ ホセ	Non. いやだ。	
LE LIEUTENANT 中尉	Si fait, tu partiras. なんだと，出て行くんだ。	
JOSÉ ホセ	Je ne partirai pas. 行かないね。	
LE LIEUTENANT 中尉	*(le frappant)* Drôle! （なぐりかかって） おもしろい！	
JOSÉ ホセ	*(sautant sur son sabre)* Tonnerre! il va pleuvoir des coups. *(Le lieutenant dégaîne à moitié)* （サーベルをひっつかんで） さあ来い！　目にもの見せてやらあ！ （中尉は剣をぬきかける）	

| CARMEN
カルメン | *(se jetant entre eux deux)*
Au diable le jaloux!
(appelant)
A moi! à moi!
(Le Dancaïre, le Remendado et les Bohémiens paraissent de tous les côtés. Carmen d'un geste montre le lieutenant aux Bohémiens; le Dancaïre et le Remendado se jettent sur lui, le désarment.)

（割って入る）
やきもちもたいがいにしてよ！
（呼ぶ）
みんな出て来て！
（ダンカイロ，レメンダード，その他ジプシーの男女が四方から現れる。カルメンの指図でダンカイロとレメンダードが中尉を取りおさえる）

Bel officier, l'amour
Vous joue en ce moment un assez vilain tour,
Vous arrivez fort mal et nous sommes forcés,
Ne voulant être dénoncés,
De vous garder au moins pendant une heure.

あらまあ　将校さん，このたびは
恋といっても間の悪かったこと
とんだところへ飛びこんだわね！　気の毒だけど
密告されちゃたまらないから
一時間くらいおとなしくしていただくわ。

| LE DANCAÏRE ET
LE REMENDADO
ダンカイロと
レメンダード | Mon, cher monsieur,
Nous allons s'il vous plaît quitter cette demeure,
Vous viendrez avec nous...

いかがです，旦那
私どもは　ここのアジトを引き払いますが
ご同道願えますかな……

| CARMEN
カルメン | C'est une promenade;

ほんのお散歩。

| LE DANCAÏRE ET
LE REMENDADO
ダンカイロと
レメンダード | *(le pistolet à main)*
Consentez-vous?
Répondez, camarade,

（ピストルを手にして）
さあ，どうだ？
返事をしなよ。

LE LIEUTENANT 中尉	Certainement, D'autant plus que votre argument Est un de ceux auxquels on ne résiste guère, Mais gare à vous plus tard.
	行くよ，行くよ。 ここでおまえたちの言い分に さからうわけにもいくまいからな。 だが，あとになったらおぼえていろよ。
LE DANCAÏRE ダンカイロ	*(avec philosophie)* La guerre, c'est la guerre, En attendant, mon officier, Passez devant sans vous faire prier.
	(すまして) そのときはまたそのときさ！ いまのところは，さあ　旦那 手間をかけずにとっとと歩きな！
CHŒUR 合唱	Passez devant sans vous faire prier. *(L'officier sort, emmené par quatre Bohémiens le pistolet à la main.)*
	手間をかけずにとっとと歩きな！ (中尉はピストルをもった四人のジプシーにかこまれて退場)
CARMEN カルメン	*(à Don José)* Es-tu des nôtres maintenant?
	(ホセに) これで，あんた，仲間になるわね？
JOSÉ ホセ	Il le faut bien.
	仕方がないよ。
CARMEN カルメン	Le mot n'est pas galant.
	あら！　格好の悪いせりふだこと。

Mais qu'importe, tu t'y feras
Quand tu verras
Comme c'est beau la vie errante,
Pour pays l'univers, pour loi ta volonté,
Et surtout la chose enivrante,
La liberté! la liberté!

でもいいわ！　わかってくれば
慣れるわよ
すてきですもの，さすらいの暮らし！
世界をねぐらに，気ままに生きる。
そして，なにより素晴らしいのは
自由よ！　自由なのよ！

TOUS Le ciel ouvert! la vie errante,
一同 Pour pays l'univers, pour loi sa volonté,
Et surtout la chose enivrante,
La liberté! la liberté!

空はひろびろ，さすらいの暮らし！
世界をねぐらに，気ままに生きる。
そして，なにより素晴らしいのは
自由だよ！　自由なんだよ！

第3幕
Acte Troisième

Prélude musical 前奏曲

Le rideau se lève sur des rochers... site pittoresque et sauvage... Solitude complète et nuit noire.

幕が上がると岩山。景色はよいが荒涼たる場所。まったく人けのない闇夜。

Scène Première 第1景

Carmen, José, le Dancaïre, le Remendado, Frasquita, Mercédès, contrebandiers.

カルメン, ホセ, ダンカイロ, レメンダード, フラスキータ, メルセデス, 密輸人たち。

Au bout de quelques instants, un contrebandier paraît au haut des rochers, puis un autre, puis deux autres, puis vingt autres ça et là, descendant et escaladant des rochers. Des hommes portent de gros ballots sur les épaules.

しばらくすると、一人の密輸人が岩山の上に現れる。続いて一人、また二人と、ついには二十人もが岩づたいに登ったり下ったりする。男たちは肩に大きな荷をかついでいる。

No. 18 : Introduction 第18番：導入部

CHŒUR
合唱
Ecoute, écoute, compagnon, écoute,
La fortune est là-bas, là-bas,
Mais prends garde pendant la route,
Prends garde de faire un faux pas.

いいか, 相棒, 頑張れよ,
向こうじゃ たんまりもうかるぞ,
だが道中は気をつけようぜ,
足を踏み滑らせないように！

LE DANCAÏRE, LE REMENDADO, JOSÉ, CARMEN, MERCÉDÈS, FRASQUITA
ダンカイロ, レメンダード, ホセ, カルメン, メルセデス, フラスキータ
Notre métier est bon, mais pour le faire il faut
Avoir une âme forte,
Le péril est en bas, le péril est en haut,
Il est partout, qu'importe?

この商売は悪くはないが、それにはちょいと
きもっ玉がなくちゃいけない！
上を見ても、下を見ても、どこへ行っても、危い橋の
つなわたり、それがどうした？

Nous allons devant nous, sans souci du torrent,
Sans souci de l'orage,
Sans souci du soldat qui là-bas nous attend,
Et nous guette au passage.

進むのさ、雨が降ろうが構うもんか、
嵐が吹こうが構うもんか、
向こうで兵隊が待ち伏せて、見張っていようが構うもんか、
平気のへいざで進むのさ。

> Ecoute, écoute, compagnon, écoute,
> La fortune est là-bas, là-bas...
> Mais prends garde pendant la route,
> Prends garde de faire un faux pas.

> いいか，相棒，頑張れよ，
> 向こうじゃ たんまりもうかるぞ，
> だが道中は気をつけようぜ，
> 足を踏み滑らせないように！

LE DANCAÏRE
ダンカイロ

> Halte! nous allons nous arrêter ici... ceux qui ont sommeil pourront dormir pendant une demi-heure...

> とまれ！ここでひと休みだ……眠い者は三十分だけ眠っていいぞ。

LE REMENDADO
レメンダード

> (s'étendant avec volupté)
> Ah!

> (嬉しそうに寝そべって)
> ああ！

LE DANCAÏRE
ダンカイロ

> Je vais, moi, voir s'il y a moyen de faire entrer les marchandises dans la ville... une brèche s'est faite dans le mur d'enceinte et nous pourrions passer par là: malheureusement on a mis un factionnaire pour garder cette brèche.

> いいか，おれは品物を町へ運びこむ手段を確認してくる……城壁に割れ目ができていて，そこから通れるはずなんだが，割れ目のところに番兵が置いてあるんだ。

JOSÉ
ホセ

> Lillas Pastia nous a fait savoir que, cette nuit, ce factionnaire serait un homme à nous...

> リリャス・パスティアの情報だと，今夜の番兵には手が打ってあるとか……

LE DANCAÏRE
ダンカイロ

> Oui, mais Lillas Pastia a pu se tromper... le factionnaire qu'il veut dire a pu être changé... Avant d'aller plus loin je ne trouve pas mauvais de m'assurer par moi-même...

> そうとも。だがリリャス・パスティアだって間違えることはある。やつのいう番兵が替えられちまってるかも知れん……これ以上進む前に自分の目で確かめておきたいんだ……

	(apellant) Remendado!...
	(呼ぶ) レメンダード！
LE REMENDADO レメンダード	*(se réveillant)* Hé?
	(目をさまして) え？
LE DANCAÏRE ダンカイロ	Debout, tu vas venir avec moi...
	起きろ，一緒に来い……
LE REMENDADO レメンダード	Mais, patron...
	だって，親分……
LE DANCAÏRE ダンカイロ	Qu'est-ce que c'est?...
	なんだと？
LE REMENDADO レメンダード	*(se levant)* Voilà, patron, voilà...
	(起き上がって) 行きます，親分，行きますよ！
LE DANCAÏRE ダンカイロ	Allons, passe devant.
	よし，さきに行け！
LE REMENDADO レメンダード	Et moi qui rêvais que j'allais pouvoir dormir... C'était un rêve, hélas, c'était un rêve!... *(Il sort suivi du Dancaïre.)*
	やれやれ，やっと眠れるかと思ったのに……夢だったか，やれやれ，夢だったのか…… (ダンカイロの先に立って退場)

Scène II　第2景

Les mêmes, moins le Dancaïre et le Remendado.　ダンカイロとレメンダードを除いて同じ人々。

Pendant la scène entre Carmen et José quelques Bohémiens allument un feu près duquel Mercédès et Frasquita viennent s'asseoir, les autres se roulent dans leurs manteaux, se couchent et s'endorment.

カルメンとホセのやりとりの間に，ジプシーたちが火を起こし，メルセデスとフラスキータが火のそばに坐る。ほかの者たちはマントにくるまって横になり，眠る。

JOSÉ ホセ	Voyons, Carmen... si je t'ai parlé trop durement, je t'en demande pardon, faisons la paix.

なあ、カルメン、……おれの言い方が乱暴だったんならあやまるよ。仲直りしよう。

CARMEN カルメン	Non.

いやよ。

JOSÉ ホセ	Tu ne m'aimes plus alors?

もうおれを愛してないのか？

CARMEN カルメン	Ce qui est sûr c'est que je t'aime beaucoup moins qu'autrefois... et que si tu continues à t'y prendre de cette façon-là je finirai par ne plus t'aimer du tout... Je ne veux pas être tourmentée ni surtout commandée. Ce que je veux, c'est être libre et faire ce qui me plaît.

どうかしら、とにかく前ほどには愛してないわね……あんたがそんな態度をとり続けるなら、しまいには全然愛せなくなるわ。いじめられるのもいやだけど、とりわけ指図がましくされるのが一番いや。あたしはね、自由でいて、好きなようにしたいの。

JOSÉ ホセ	Tu es le diable, Carmen?

ひどい女だな、カルメン！

CARMEN カルメン	Oui. Qu'est-ce que tu regardes là, à quoi penses-tu?...

ええ、ひどい女よ。……何を眺めてるの？　何を考えてるの？

JOSÉ ホセ	Je me dis que là-bas... à sept ou huit lieues d'ici tout au plus, il y a un village, et dans ce village une bonne vieille femme qui croit que je suis encore un honnête homme...

こう考えてるんだ。……向こうに、ここからほんの七、八里のところに、ひとつの村があって、その村にはひとりの年とった善良な女がいて、いまでもおれがまだまっとうな男だとばかり思っている……

CARMEN カルメン	Une bonne vieille femme?

年とった善良な女？

JOSÉ ホセ	Oui; ma mère.

おれのおふくろさ。

CARMEN
カルメン

Ta mère... Eh bien là, vrai, tu ne ferais pas mal d'aller la retrouver, car décidément tu n'es pas fait pour vivre avec nous... chien et loup ne font pas longtemps bon ménage...

母さん!……それなら，母さんのところへ帰ったらいいじゃないの。だってあんたはどう見てもこういう暮らしには向いてないもの……犬と狼ではいい所帯は持てないわよ……

JOSÉ
ホセ

Carmen...

カルメン……

CARMEN
カルメン

Sans compter que le métier n'est pas sans péril pour ceux qui, comme toi, refusent de se cacher quand ils entendent les coups de fusil... plusieurs des nôtres y ont laissé leur peau, ton tour viendra.

それに，この仕事はあんたみたいな人には危ないわ，あんたときたら，銃声を聞いても隠れようとしないじゃないの……あれでもう何人も死んでるのよ。いまにあんたの番が来るわ。

JOSÉ
ホセ

Et le tien aussi... si tu me parles encore de nous séparer et si tu ne te conduis pas avec moi comme je veux que tu te conduises...

おまえの番だって来るぞ……まだそんなふうに別れ話を持ち出したりして，おれがいやがるような態度をとったりすると……

CARMEN
カルメン

Tu me tuerais, peut-être?...
(José ne répond pas.)

あたしを殺すっていうんでしょ?
(ホセは答えない)

A la bonne heure... j'ai vu plusieurs fois dans les cartes que nous devions finir ensemble.
(faisant claquer ses castagnettes)
Bah! arrive qui plante...

結構よ……どうせ何度もカルタ占いに出たんだもの，あたしたちは一緒に死ぬってね。
(カスタネットを鳴らして)
いいわ! なるようになればいいわ……

JOSÉ
ホセ

Tu es le diable, Carmen?...

ひどい女だな，カルメン!

CARMEN カルメン	Mais oui, je te l'ai déjà dit... *(Elle tourne le dos à Jasé et va s'asseoir près de Mercédès et de Frasquita. — Après un instant d'indécision, José s'éloigne à son tour et va s'étendre sur les rochers. — Pendant les dernières répliques de la scène, Mercédès et Frasquita ont étalé des cartes devant elles.)* ええ，ひどい女よ。そう言ったじゃないの…… （カルメンはホセに背を向けてメルセデスとフラスキータのそばへ行って坐る。——ホセは一瞬ためらったのち，これらもその場を離れて岩の上に横になる。——この間にメルセデスとフラスキータは自分たちの前にカルタを並べている）

Nr. 19 : Trio　第19番：三重唱

FRASQUITA フラスキータ	Mêlons! まぜて！
MERCÉDÈS メルセデス	Coupons! 切って！
FRASQUITA フラスキータ	C'est bien cela. さあ，これでよし！
MERCÉDÈS メルセデス	Trois cartes ici... こっちに三枚！
FRASQUITA フラスキータ	Quatre là. あっちに四枚！
MERCÉDÈS ET FRASQUITA メルセデスと フラスキータ	Et maintenant, parlez, mes belles, De l'avenir donnez-nous des nouvelles; Dites-nous qui nous trahira, Dites-nous qui nous aimera. さあ　カルタたち，占っておくれ！ 未来のことを聞かせておくれ！ 裏切る人は誰なのか， どなたが愛してくださるか。
FRASQUITA フラスキータ	Moi, je vois un jeune amoureux Qui m'aime on ne peut davantage. あら　あたしには若い男が言い寄って 愛してくれるわ　すてきじゃないの。

MERCÉDÈS メルセデス	Le mien est très-riche et très-vieux, Mais il parle de mariage.	
	あたしのは大金持ちのお爺ちゃま， それでも結婚しようですって。	
FRASQUITA フラスキータ	Il me campe sur son cheval Et dans la montagne il m'entraîne.	
	彼はあたしを馬にのせて 山の中へとつれて行く！	
MERCÉDÈS メルセデス	Dans un château presque royal Le mien m'installe en souveraine.	
	王宮みたいなお城に住んで あたしはまるで女王さま！	
FRASQUITA フラスキータ	De l'amour à n'en plus finir, Tous les jours nouvelles folies.	
	来る日も来る日も燃え立って， 永遠につづく恋をするのよ！	
MERCÉDÈS メルセデス	De l'or tant que j'en puis tenir, Des diamants... des pierreries.	
	黄金は　持ちきれないほど， ダイヤモンドも　宝石も！	
FRASQUITA フラスキータ	Le mien devient un chef fameux, Cent hommes marchent à sa suite.	
	恋人は　その名も高い親分になる， 手下が百人あとにつづくの！	
MERCÉDÈS メルセデス	Le mien, en croirai-je mes yeux... Il meurt, je suis veuve et j'hérite.	
	あたしのは，あら本当かしら…… 死んでくれるわ！　ああ　未亡人に遺産がたんまり！	

REPRISE DE L'ENSEMBLE 二人	Parlez encor, parlez, mes belles, De l'avenir donnez-nous des nouvelles, Dites nous qui nous trahira, Dites-nous qui nous aimera. *(Elles recommencent à consulter les cartes.)* 　　カルタたち，もっと占っておくれ， 　　未来のことを聞かせておくれ， 　　裏切る人は誰なのか， 　　どなたが愛してくださるか。 　　(二人はもう一度カルタをめくり始める)
FRASQUITA フラスキータ	Fortune! 　　財産が来る！
MERCÉDÈS メルセデス	Amour! *(Carmen, depuis le commencement de la scène, suivait du regard le jeu de Mercédès et de Frasquita.)* 　　恋が来る！ 　　(カルメンはこの景の始めからメルセデスとフラスキータの占いを目で追っていたが)
CARMEN カルメン	Donnez que j'essaie à mon tour. *(Elle se met à tourner les cartes. — Musique de scène.)* Carreau, pique... la mort! J'ai bien lu... moi d'abord. *(montrant Don José endormi)* Ensuite lui... pour tous les deux la mort. 　　それなら　今度はあたしがやるわ。 　　(カルタをめくり始める。——情景の音楽) 　　ダイヤに，スペード……まあ，死ぬんだわ！ 　　まちがいない。あたしが先で 　　(眠ってるホセを見やって) 　　それから彼……二人とも死ぬんだわ！ *(à voix basse, tout en continuant à mêler les cartes)* En vain pour éviter les réponses amères, En vain tu mêleras, Cela ne sert à rien, les cartes sont sincères Et ne mentiront pas. 　　(カルタをまぜ続けながら，低い声で) 　　無駄ね，不吉な答を避けようと 　　なんど切っても無駄ね， 　　なんにもならない，カルタは正直 　　嘘はいわないもの。

Dans le livre d'en haut, si ta page est heureuse,
Mêle et coupe sans peur,
La carte sous tes doigts se toumera joyeuse
T'annonçant le bonheur.

運命の帳簿に，幸福と書いてあるなら
まぜても切ってもこわくない，
めくればちゃんと　さも楽しそうに
カルタは幸福を告げてくれる。

Mais si tu dois mourir, si le mot redoutable
Est écrit par le sort,
Recommence vingt fois... la carte impitoyable
Dira toujours: la mort!

でももしも　死ぬさだめなら
死という言葉が　運命に書いてあるなら
何度やっても　無情なカルタは
繰り返すのよ，死ぬ！と。

(se remettant)
Encore, encore!
Toujour la mort!

（もう一度カルタをめくって）
もう一度，もう一度！
やっぱり死だわ！

TOUTES LES TROIS
三人

Parlez encor, parlez, mes belles,
De l'avenir donnez-nous des nouvelles,
Dites-nous qui nous trahira,
Dites-nous qui nous aimera.
(Rentrent le Dancaïre et le Remendado.)

カルタたち，もっと占っておくれ，
未来のことを聞かせておくれ，
裏切る人は誰なのか，
どなたが愛してくださるか。
（ダンカイロとレメンダードが戻って来る）

Scène III　第3景

Carmen, José, Frasquita, Mercédès, le Dancaïre, le Remendado.　　カルメン，ホセ，フラスキータ，メルセデス，ダンカイロ，レメンダード。

CARMEN
カルメン

Eh bien?...

どうだった？……

LE DANCAÏRE ダンカイロ	Eh bien, j'avais raison de ne pas me fier aux renseignements de Lillas Pastia; nous n'avons pas trouvé son factionnaire, mais en revanche nous avons aperçu trois douaniers qui gardaient la brèche et qui la gardaient bien, je vous assure.
	どうもこうも、リリャス・パスティアの情報を鵜呑みにしなくてよかったよ。やつのいう番兵はいなくて、その代わりに税関吏が三人、城壁の割れ目のところに頑張ってやがる。これじゃあ通れるわけがない。
CARMEN カルメン	Savez-vous leurs noms à ces douaniers?...
	その税関吏の名前がわかる？
LE REMENDADO レメンダード	Certainement nous savons leurs noms; qui est-ce qui connaîtrait les douaniers si nous ne les connaissions pas? Il y avait Eusebio, Perez et Bartolomé...
	わかるとも、おれたち以上に税関吏をよく知っているやつがいるかい？ いたのはエウゼビオと、ペレスと、バルトロメさ……
FRASQUITA フラスキータ	Eusebio...
	エウゼビオ……
MERCÉDÈS メルセデス	Perez...
	ペレス……
CARMEN カルメン	Et Bartolomé... *(en riant)* N'ayez pas peur, Dancaïre, nous vous en répondons de vos trois douaniers...
	バルトロメ…… (笑って) 大丈夫よ、ダンカイロ、その三人の税関吏はあたしたちが引き受けるわ。
JOSÉ ホセ	*(furieux)* Carmen!...
	(怒って) カルメン！

| LE DANCAÏRE
ダンカイロ | Ah! toi, tu vas nous laisser tranquilles avec ta jalousie... le jour vient et nous n'avons pas de temps à perdre... En route, les enfants...
(On commence à prendre les ballots.) |

おいおい，今はやきもちをやいてる場合じゃないぞ……もう夜が明けるし，時間がないんだ……さあみんな，出発だ……
（一同，荷をかつぎ始める）

| | Quant à toi,
(s'adressant à José)
je te confie la garde des marchandises que nous n'emporterons pas... Tu vas te placer là, sur cette hauteur... tu y seras à merveille pour voir si nous sommes suivis...; dans le cas où tu apercevrais quelqu'un, je t'autorise à passer ta colère sur l'indiscret. —— Nous y sommes?... |

おまえはな，
（ホセに向かって）
ここに残しておく荷を見張っててくれ，頼んだぞ……あの高いところへ上がるんだ……万一つけて来るやつがあってもよく見えるだろう……誰だろうと，見つけたら，かまわんからそいつに腹の虫をぶつけてやれ。—— 支度はいいか？

| LE REMENDADO
レメンダード | Oui, patron. |

へい，親分。

| LE DANCAÏRE
ダンカイロ | En route alors...
(aux femmes)
Mais vous ne vous flattez pas, vous me répondez vraiment de ces trois douaniers? |

では出発だ……
（女たちに）
……だが，べっぴんたちよ，甘く見てるんじゃないだろうな？
税関吏三人，本当に引き受けてくれるんだろうな？

| CARMEN
カルメン | N'ayez pas peur, Dancaïre. |

まかせといてよ，ダンカイロ。

No. 20 : Morceau d'Ensemble　第20番：アンサンブル

CARMEN
カルメン

Quant au douanier c'est notre affaire,
Tout comme un autre il aime à plaire,
Il aime à faire le galant,
Laissez-nous passer en avant.

税関吏ならまかせといて，
どうせ鼻の下が長いんでしょ，
どうせ女に目がないんでしょ。
ええ！　あたしたちがひと足先に行くわ。

CARMEN, MERCÉDÈS, FRASQUITA
カルメン，メルセデス，フラスキータ

Quant au douanier c'est notre affaire,
Laissez-nous passer en avant.

税関吏ならまかせといて，……etc.
ええ！　あたしたちがひと足先に行くわ。

TOUS
一同

Il aime à plaire!

甘いもんさ！

MERCÉDÈS
メルセデス

Le douanier sera clément.

お目こぼしをさせてやるわ。

TOUS
一同

Il est galant!

女ずきだよ！

FRASQUITA
フラスキータ

Le douanier sera charmant.

愛想よくさせてやるわ。

TOUS
一同

Il aime à plaire!

甘いもんさ！

MERCÉDÈS
メルセデス

Le douanier sera galant.

とろけさせてやるわ。

CARMEN
カルメン

Oui, le douanier sera même entreprenant!...

そうよ，お待ちかねかも知れないわ……

**ENSEMBLE,　　　**
TOUTES LES FEMMES
アンサンブル，女たち

Quant au douanier c'est notre affaire,
Tout comme un autre il aime à plaire,
Il aime à faire le galant,
Laissez-nous passer en avant.

　　税関吏ならまかせといて，
　　どうせ鼻の下が長いんでしょ，
　　どうせ女に目がないんでしょ。
　　ええ！　あたしたちがひと足先に行くわ。

TOUS LES HOMMES
男たち全員

Quand au douanier c'est leur affaire,
Tout comme un autre il aime à plaire,
Il aime à faire le galant,
Laissons-les passer en avant.

　　税関吏ならまかせておこう，
　　どうせ鼻の下が長いんだ，
　　どうせ女に目がないんだ，
　　女たちをひと足先にやろう。

FRASQUITA
フラスキータ

Il ne s'agit plus de bataille,
Non, il s'agit tout simplement
De se laisser prendre la taille
Et d'écouter un compliment.

　　いくさじゃないのよ，
　　ただ　ちょいとだけ
　　腰を抱かせて
　　お世辞を聞いてやればいい。

REPRISE DE L'ENSEMBLE,
MERCÉDÈS
アンサンブルの繰り返し，
メルセデス

S'il faut aller jusqu'au sourire,
Que voulez-vous? on sourira,
Et d'avance, je puis le dire,
La contrebande passera.

　　にっこりしてやる羽目になったら
　　仕方がない　にっこりすればいい，
　　それで　うけあい
　　密輸は通過！

CARMEN, MERCÉDÈS,
FRASQUITA
カルメン，メルセデス，
フラスキータ

Quant au douanier c'est notre affaire, etc., etc.
(Reprise de l'Ensemble.)

　　税関吏ならまかせといて……etc., etc.
　　（アンサンブルの繰返し）

Tout le monde sort. — José ferme la marche et sort en examinant l'amorce de sa carabine; — un peu avant qu'il soit sorti, on voit un homme passer sa tête au-dessus du rocher. C'est un guide.

全員退場。——ホセはしんがりに,銃の火薬を確かめながら退場。——ホセが退場する直前に,一人の男が岩山の上にひょいと頭を出すのが見える。案内人である。

Scène IV 第4景

Le guide, puis Micaëla.　案内人,ミカエラ。

LE GUIDE
案内人

(Il s'avance avec précaution, puis fait un signe à Micaëla que l'on ne voit pas encore.)
Nous y sommes.

（案内人がびくびくしながら登場し,舞台袖にいるミカエラに合図する）
ここです。

MICAËLA
ミカエラ

(entrant)
C'est ici.

（登場して）
ここなの。

LE GUIDE
案内人

Oui, vilain endroit, n'est-ce pas, et pas rassurant du tout?

そうです,いやな所でしょう,薄っ気味が悪くて。

MICAËLA
ミカエラ

Je ne vois personne.

誰もいないじゃないの。

LE GUIDE
案内人

Ils viennent de partir, mais ils reviendront bientôt car ils n'ont pas emporté toutes leurs marchandises... je connais leurs habitudes... prenez garde... l'un des leurs doit être en sentinelle quelque part et si l'on nous apercevait...

やつらは出かけたばかりだが,すぐ戻って来ます,品物が残してありますから……やつらのやり方はいつもそうです……気をつけて……誰か一人が必ず見張っていて,万一こっちを見つけようもんなら……

MICAËLA
ミカエラ

Je l'espère bien qu'on m'apercevra... puisque je suis venue ici tout justement pour parler à... pour parler à un de ces contrebandiers...

見つけてくれた方がいいわ。……話があって来たんですもの。……その密輸人の中の一人と話したいのよ。

LE GUIDE 案内人	Eh bien là, vrai, vous pouvez vous vanter d'avoir du courage... tout à l'heure quand nous nous sommes trouvés au milieu de ce troupeau de taureaux sauvages que conduisait le célèbre Escamillo, vous n'avez pas tremblé... Et maintenant venir ainsi affronter ces Bohémiens...

きもっ玉の太いお嬢さんですね。……さっき，あの名高いエスカミーリョが追い立てていた荒牛の群れに囲まれても，びくともなさらなかったが……今度はジプシーにぶつかっていこうなんて。……

MICAËLA ミカエラ	Je ne suis pas facile à effrayer.

ちょっとやそっとなら平気よ。

LE GUIDE 案内人	Vous dites cela parce que je suis près de vous, mais si vous étiez toute seule...

あっしがついているからそんなことが言えますがね，ひとりっきりになったら……

MICAËLA ミカエラ	Je n'aurais pas peur, je vous assure.

こわくなんかないわ，ほんとよ。

LE GUIDE 案内人	Bien vrai?...

ほんとに？……

MICAËLA ミカエラ	Bien vrai...

ほんとよ……

LE GUIDE 案内人	(naïvement) Alors je vous demanderai la permission de m'en aller. — J'ai consenti à vous servir de guide parce que vous m'avez bien payé; mais maintenant que vous êtes arrivée... si ça ne vous fait rien, j'irai vous attendre là où vous m'avez pris... à l'auberge qui est au bas de la montagne.

（正直に）
それじゃ，あっしは行かしてもらいます。——たっぷりはずんでいただいたから案内はしますが，もう着いたんだし……よかったらあっしは，最初にお会いしたところ……山の下の宿屋で待ってますから。

MICAËLA ミカエラ	C'est cela, allez m'attendre!

いいわ，そこへ行って待ってて頂戴。

LE GUIDE 案内人	Vous restez décidément?

残るんですか？

MICAËLA Oui, je reste!
ミカエラ
　　　　もちろん，残るわ！

LE GUIDE Que tous les saints du paradis vous soient en aide alors, mais c'est une drôle d'idée que vous avez là...
案内人
　　　　天国の聖者さまがみんなで守ってくださいますように。……
　　　　とんでもないことを考えるお嬢さんだ。……

Scène V　第5景

Micaëla.　ミカエラ。

MICAËLA *(regardant autour d'elle)*
ミカエラ　Mon guide avait raison... endroit n'a rien de bien rassurant...
　　　　（あたりを見まわして）
　　　　案内人のいうとおりだわ……気味の悪いところね……

No. 21: Air　第21番：アリア

I

Je dis que rien ne m'épouvante,
Je dis que je réponds de moi,
Mais j'ai beau faire la vaillante,
Au fond du cœur, je meurs d'effroi...

　　何が出たってこわくないわ，
　　大丈夫，平気だってば，
　　でも，から元気を出してもだめ，
　　ほんとうは，こわくて死にそう……

Toute seule en ce lieu sauvage
J'ai peur, mais j'ai tort d'avoir peur,
Vous me donnerez du courage,
Vous me protégerez, Seigneur,
Protégez-moi, protégez-moi, Seigneur.

　　こんなに淋しい場所へ，ひとりきり
　　こわいわ，でもこわがっちゃいけないの，
　　どうぞ勇気をおさずけください，
　　神さま，どうぞお守りください！
　　お守りください，おお，神さま！

II

> Je vais voir de près cette femme
> Dont les artifices maudits
> Ont fini par faire un infâme
> De celui que j'aimais jadis

今度こそじっくり見てやるわ，あの女
のろわれた手管でもって
あたしが愛したあの人を
恥知らずの男にしてしまった，あの女。

> Elle est dangereuse, elle est belle,
> Mais je ne veux pas avoir peur,
> Je parlerai haut devant elle,
> Vous me protégerez, Seigneur,
> Protégez-moi, protégez-moi, Seigneur.

危険な女，美しい女
でも，こわがったりするもんか，
面と向かってはっきりと言ってやる，ああ！
神さま，どうぞお守りください！
お守りください，おお，神さま！

> Mais... je ne me trompe pas... cent pas d'ici... sur ce rocher, c'est Don José.
> *(appelant)*
> José, José!

でも……間違いない……あそこ……あの岩の上にいるのはホセだわ。
(呼ぶ)
ホセ！ ホセ！

> *(avec terreur)*
> Mais que fait-il?... il ne regarde pas de mon côté... il arme sa carabine, il ajuste... il fait feu...
> *(On entend un coup de feu.)*
> Ah! mon Dieu, j'ai trop présumé de mon courage... j'ai peur... j'ai peur.
> *(Elle disparaît derrière les rochers. Au même moment entre Escamillo tenant son chapeau à la main.)*

(おびえて)
何をしてるのかしら？ こっちを向かないわ……あの人，銃を構えて，ねらって，撃つわ……
(銃声が聞こえる)
ああ！ 神さま！ 思い上がってました……こわい……こわいわ……
(ミカエラは岩のうしろにかくれる。入れ違いにエスカミーリョが，帽子を手にして登場)

Scène VI 第6景

Escamillo, puis Don José エスカミーリョ, ホセ。

ESCAMILLO
エスカミーリョ

> (regardant son chapeau)
> Quelques lignes plus bas... et ce n'est pas moi qui, à la course prochaine, aurais eu le plaisir de combattre les taureaux que je suis en train de conduire...
> (Entre José)

（自分の帽子を手にして眺めながら）
もうちょっとねらいが低かったら……せっかく牛を追って来たのに，次の闘牛でこいつらと闘ってみせるのは，おれじゃないってことになったろうな……

JOSÉ
ホセ

> (son couteau à la main)
> Qui êtes-vous? répondez.

（短刀を手にして）
誰だ？ 返事をしろ。

ESCAMILLO
エスカミーリョ

> (très-calme)
> Eh là... doucement!

（落ち着き払って）
おい，君……まあ落ち着いて！

No. 22 : Duo 第22番：二重唱

ESCAMILLO
エスカミーリョ

Je suis Escamillo, torero de Grenade.

私はエスカミーリョ，グラナダの闘牛士。

JOSÉ
ホセ

Escamillo!

エスカミーリョ！

ESCAMILLO
エスカミーリョ

C'est moi.

そう，それが私だ。

JOSÉ
ホセ

(remettant son couteau à sa ceinture)
Je connais votre nom,
Soyez le bienvenu; mais vraiment, camarade,
Vous pouviez y rester.

（短刀を帯に戻して）
その名はよく知っている
歓迎しよう。だが本当のところは
勝手に来たらあぶないぞ。

ESCAMILLO エスカミーリョ	Je ne vous dis pas non, Mais je suis amoureux, mon cher, à la folie, Et celui-là serait un pauvre compagnon Qui, pour voir ses amours, ne risquerait sa vie.
	それはそうだが あいにく女に惚れてるんだよ，熱烈に！ 命を捨てても会いに行くほどでなくっちゃ どんな恋もかなうわけにはいくまいさ。
JOSÉ ホセ	Celle que vous aimez est ici?
	その女が，ここにいるのか？
ESCAMILLO エスカミーリョ	Justement. C'est une zingara, mon cher.
	お察しのとおりだ， ジプシー女だからね。
JOSÉ ホセ	Elle s'appelle?
	で，名前は？
ESCAMILLO エスカミーリョ	Carmen.
	カルメン。
JOSÉ ホセ	Carmen!
	カルメン！
ESCAMILLO エスカミーリョ	Elle avait pour amant Un soldat qui jadis a déserté pour elle.
	前にはたしか，あの女のために軍隊を 脱走したという兵隊を恋人にしていたが。
JOSÉ ホセ	Carmen!
	カルメン！
ESCAMILLO エスカミーリョ	Ils s'adoraient, mais c'est fini, je crois. Les amours de Carmen ne durent pas six mois.
	おたがい夢中だったらしいが，もう切れたはず。 カルメンの恋は半年とつづかないのさ。
JOSÉ ホセ	Vous l'aimez cependant...
	それなのに愛してるのか？

ESCAMILLO エスカミーリョ	Je l'aime. 愛してるとも。
JOSÉ ホセ	Mais pour nous enlever nos filles de Bohême, Savez-vous bien qu'il faut payer. だが，ジプシーの娘をつれて行くには 支払いが要るのを知ってるか？
ESCAMILLO エスカミーリョ	Soit, on paiera. いいとも，払うよ，いくらでも。
JOSÉ ホセ	Et que le prix se paie à coups de navaja, Comprenez-vous? それではナイフの決闘で払ってもらおう。 わかったか？
ESCAMILLO エスカミーリョ	Le discours est très-net. Ce déserteur, ce beau soldat qu'elle aime Ou du moins qu'elle aimait, c'est donc vous? なるほど，読めた。 例の脱走兵，あの子の恋人の いや少なくとも恋人だった兵隊さんとは，あんたのことか？
JOSÉ ホセ	C'est moi-même. そうだ！　このおれだ。
ESCAMILLO エスカミーリョ	J'en suis ravi, mon cher, et le tour est complet. *(Tous les deu, la navaja à la main, se drapent dans leurs manteaux.)* こいつはいいや，そう来なくっちゃ！ （二人ともナイフを手にして，マントを楯に構える）
JOSÉ ホセ	Enfin ma colère Trouve à qui parler, Le sang, je l'espère, Va bientôt couler. ついにおれの怒りを ぶちまける相手を見つけた， 血を見なければ すむもんじゃない！

ESCAMILLO エスカミーリョ	Quelle maladresse! J'en rirais vraiment! Chercher la maîtresse Et trouver l'amant.	

へまな話さ,
笑わせるじゃないか！
女をたずねて
色男にぶつかるとは！

ENSEMBLE 二人	Mettez-vous en garde, Et veillez sur vous, Tant pis pour qui tarde A parer les coups. *(Ils se mettent en garde à une certaine distance.)*

早く構えろ,
用心しろ！
まごまごすると
ナイフのさびだぞ！
（二人は距離をおいて互いに構える）

ESCAMILLO エスカミーリョ	Je la connais ta garde navarraise, Et je te préviens en ami, Qu'elle ne vaut rien... *(Sans répondre, Don José marche sur le torero.)* A ton aise. Je t'aurai du moins averti. *(Combat. — Musique de scène. Le torero très-calme cherche seulement à se défendre.)*

ナバラ風の構えだな，よく知ってるぞ,
友人としてことわっておくが,
そいつは何の役にも立たないぞ……
（返事もせず，ホセが突きかかる）
勝手にしろ,
警告だけはしておいたからな。
（二人は闘う。情景の音楽。闘牛士は冷静にホセの刃を受け流すだけである）

JOSÉ ホセ	Tu m'épargnes, maudit.

手加減するのか，畜生。

ESCAMILLO エスカミーリョ	A ce jeu de couteau Je suis trop fort pour toi.

こんな剣術ごっこなら
私の方が強すぎる。

JOSÉ ホセ		Voyons cela. *(Rapide et très-vif engagement corps à corps. José se trouve à la merci du torero qui ne le frappe pas.)*

わかるもんか。
(身を寄せ合って激闘。ホセはたちまち闘牛士に刺されんばかりになるが、彼は刺さない)

ESCAMILLO エスカミーリョ	Tout beau, Ta vie est à moi, mais en somme J'ai pour métier de frapper le taureau, Non de trouer le cœur de l'homme.

わかったろう、
君の命は思いのままだが、
私の仕事は牛を刺すこと、
人間の心臓は刺さないのさ。

JOSÉ ホセ	Frappe ou bien meurs... ceci n'est pas un jeu.

刺さないのなら死ね！ 遊びじゃないんだ！

ESCAMILLO エスカミーリョ	*(se dégageant)* Soit, mais au moins respire un peu.

(振りほどいて)
よかろう！ だがまず、ひと息入れようや！

JOSÉ ホセ	Enfin ma colère, etc.

ついにおれの怒りを……etc.

ESCAMILLO エスカミーリョ	Quelle maladresse! etc.

へまな話さ……etc.

Après le dernier ensemble, reprise du combat. Le torero glisse et tombe. —— Entrent Carmen et le Dancaïre, Carmen arrête le bras de Don José —— Le torero se relève; le Remendado, Mercédès, Frasquita et les contrebandiers rentrent pendant ce temps.

最後のアンサンブルのあとで戦闘再開。闘牛士は芝草に足を滑らせて倒れる。——カルメンとダンカイロ登場。カルメンはホセの腕を抑える。——闘牛士は起き上がる。レメンダード、メルセデス、フラスキータ、その他の密輸人たちがこの間に登場。

No. 23 : Final　　第23番：フィナーレ

CARMEN カルメン	Holà, José!...

やめて、ホセ！

ESCAMILLO エスカミーリョ	*(se relevant)* Vrai, j'ai l'âme ravie Que ce soit vous, Carmen, qui me sauviez la vie.	

（起き上がって）
なんてうれしい話なんだ，
本当に君が，カルメン，僕の命を助けてくれるとは！

CARMEN カルメン	Escamillo!

エスカミーリョ！

ESCAMILLO エスカミーリョ	*(à Don José)* Quant à toi, beau soldat, Nous sommes manche à manche et nous jouerons la belle Le jour où tu voudras reprendre le combat.

（ホセに）
さて，そっちの兵隊さん，
今日のところは互角だが，美人を賭けて
いつでもまた勝負の続きをやろうぜ。

LE DANCAÏRE ダンカイロ	C'est bon, plus de querelle, Nous, nous allons partir. *(au torero)* Et toi, l'ami, bonsoir.

よし，もう喧嘩はやめろ，
おれたちはこれで出かける。
（エスカミーリョに）
あんたも帰ってもらおうか。

ESCAMILLO エスカミーリョ	Souffrez au moins qu'avant de vous dire au revoir Je vous invite tous aux courses de Séville.

お別れの前に，ほんのひとこと，
みなさんをセビリャの闘牛にお招きしたい。

Je compte pour ma part y briller de mon mieux.
Et qui m'aime y viendra.

腕をふるってごらんに入れるよ……
僕を愛してくれるお方も，ぜひどうぞ。

	(à Don José qui fait un geste de menace) L'ami, tiens-toi tranquille, J'ai tout dit et n'ai plus qu'à faire mes adieux... *(Jeu de scène. Don José veut s'élancer sur le torero. Le Dancaïre et le Remendado le retiennent. Le torero sort très-lentement.)* （おびやかす仕ぐさをするホセに） なあに，心配はご無用。 これだけ言えばいい，あとはお別れするだけだ。 （ホセは闘牛士に飛びかかろうとする。ダンカイロとレメンダードがそれを押さえつける。闘牛士は悠然と退場）
JOSÉ ホセ	*(à Carmen)* Prends garde à toi, Carmen... je suis las de souffrir... *(Carmen lui répond par un léger haussement d'épaules et s'éloigne de lui.)* （カルメンを見やって） 気をつけろよ，カルメン……苦しい思いはもうたくさんだ！ （カルメンは返事の代わりに肩をすくめて，彼から離れる）
LE DANCAÏRE ダンカイロ	En route... en route... il faut partir... いそげ！ いそげ！ 出発だ！
TOUS 一同	En route... en route... il faut partir... いそげ！ いそげ！ 出発だ！
LE REMENDADO レメンダード	Halte!... quelqu'un est là qui cherche se cacher. *(Il amène Micaëla.)* 待て！……誰かあそこに隠れてるぞ。 （ミカエラを引きずり出す）
CARMEN カルメン	Une femme! まあ，女よ！
LE DANCAÏRE ダンカイロ	Pardieu, la surprise est heureuse. いやはや，とんだご入来だな。
JOSÉ ホセ	*(reconnaissant Micaëla)* Micaëla!... （ミカエラをそれと認めて） ミカエラ！
MICAËLA ミカエラ	Don José!... ドン・ホセ！

JOSÉ
ホセ
Malheureuse!
Que viens-tu faire ici?

あきれたやつだ！
なにしに来た？

MICAËLA
ミカエラ
Moi, je viens te chercher...
Là-bas est la chaumière
Où sans cesse priant,
Une mère, ta mère,
Pleure sur son enfant...

あたし，あなたを迎えに来たの！
遠くの藁ぶきの小さな家で
絶えまなく，祈りながら
ひとりの母親が，あなたのお母さまが，
泣いているのよ，おお！ 息子のことを。

Elle pleure et t'appelle,
Elle te tend les bras;
Tu prendras pitié d'elle,
José, tu me suivras.

泣いて，あなたを呼んでいるの
泣いて，両手を差しのべているの。
お母さまを可愛想だと思ってあげて
ホセ，一緒に来て頂戴！

CARMEN
カルメン
Va-t'en! va-t'en! Tu feras bien.
Notre métier ne te vaut rien.

行きなさい，行きなさいよ，その方がいい
あたしたちの仕事はあんたに合わないもの。

JOSÉ
ホセ
(à Carmen)
Tu me dis de la suivre?

(カルメンに)
ついて行けというのか？

CARMEN
カルメン
Oui, tu devrais partir.

そうよ，行った方がいいわ！

JOSÉ ホセ	Pour que toi tu puisses courir Après ton nouvel amant. Non, vraiment, Dût-il m'en coûter la vie, Non, je ne partirai pas, Et la chaîne qui nous lie Nous liera jusqu'au trépas...

　　　　　おれがついて行けば，おまえの方は
　　　　　気がねなく，新しい恋人を追いかけられるというわけか！
　　　　　いやだ，なんといっても
　　　　　たとえ命を取るといっても
　　　　　いやだ，カルメン，おれは行かない！
　　　　　おれたちをつなぐ鎖は
　　　　　死ぬまで切れるはずがない！

Je te tiens, fille damnée.
Et je te forcerai bien
A subir la destinée
Qui rive ton sort au mien.

　　　　　はなすもんか，呪われた女め
　　　　　思い知らせてやるとも
　　　　　おまえの生死はおれと一緒だ。
　　　　　それが宿命なんだからな。

Dût-il m'en coûter la vie,
Non, je ne partirai pas,
Et la chaîne qui nous lie
Nous liera jusqu'au trépas.

　　　　　たとえ命を取るといっても
　　　　　いやだ，いやだ，いやだ，おれは行かないぞ，
　　　　　おれたちをつなぐ鎖は
　　　　　死ぬまで切れるはずがない。

MICAËLA ミカエラ	Ecoute-moi, je t'en prie, Ta mère te tend les bras, Cette chaîne qui te lie, José, tu la briseras.

　　　　　聞いて，お願い，
　　　　　お母さまが両手を差しのべているの。
　　　　　あなたをつなぐその鎖を，
　　　　　ホセ，断ち切って頂戴。

CHŒUR 合唱	Il t'en coûtera la vie, José, si tu ne pars pas. Et la chaîne qui vous lie Se rompra par ton trépas.
	命にかかわることになるよ， ホセ，行った方がいい， おまえたちをつなぐその鎖が おまえの死で切れるだろうよ。
MICAËLA ミカエラ	Don José!
	ああ！ ホセ！
JOSÉ ホセ	Laissez-moi, car je suis condamné!
	ほっといてくれ！ どうせおれはろくでなしだよ！
MICAËLA ミカエラ	Une parole encor!... ce sera la dernière. Ta mère se meurt et ta mère Ne voudrait pas mourir sans t'avoir pardonné.
	もうひとこと言わせて！ 最後のひとこと。 お母さまは今日か明日かの命なのよ。 死ぬ前に一目，息子に会いたいと願ってるのよ。
JOSÉ ホセ	Ma mère... elle se meurt...
	おふくろが，死にかけてるって？
MICAËLA ミカエラ	Oui, Don José.
	そうなのよ，ドン・ホセ！
JOSÉ ホセ	Partons... *(à Carmen)* Sois contente, je pars, mais nous nous reverrons. *(Il entraîne Micaëla. — On entend le torero.)*
	行こう！ ああ，行こう！ （カルメンに） 喜んでくれ，おれは行く，……だがいつかまた会おうぜ。 （ミカエラを連れて行こうとする。闘牛士の歌が聞こえる）

ESCAMILLO *(au loin)*
エスカミーリョ
Toréador, en garde,
Et songe en combattant,
Qu'un œil noir te regarde
Et que l'amour t'attend.

（遠くで）
トレアドール，構えはいいか！
だが忘れるな，闘いながらも忘れるな，
黒い瞳がおまえを見てるぞ，
恋がおまえを待ってるぞ。

JOSÉ *(José s'arrête au fond... dans les rochers... Il hésite, puis après un instant:)*
ホセ
Partons, Micaëla, partons.
(Carmen écoute et se penche sur les rochers. — Les Bohémiens ont pris leurs ballots et se mettent en marche.)

（ホセは舞台奥の岩の間で立ち止まる……しばしためらってから）
ミカエラ，行こう！
（カルメンは聴きほれて岩山から身をのりだす。——ジプシーたちは荷をかついで歩き始める）

Entr'acte　間奏曲

第4幕
Acte Quatrième

Scène Première　第1景

Le lieutenant, Andrès, Frasquita, Mercédès etc., puis Carmen et Escamillo.

中尉，アンドレス，フラスキータ，メルセデス ほか。あとからカルメンとエスカミーリョ。

Une place à Séville. —— Au fond du théâtre les murailles de vieilles arènes... L'entrée du cirque est fermée par un long velum. —— C'est le jour d'un combat de taureaux. Grand mouvement sur la place. —— Marchands d'eau, d'oranges, d'éventails etc., etc.

セビリャの広場。——舞台奥に古い闘牛場の壁が見える……闘牛場の入口は長い垂れ幕で閉ざされている。——闘牛試合の日。広場は大賑わい。——商人たちが水やオレンジや扇などを売っている。

No. 24 : Chœur　第24番：合唱 *

CHŒUR
合唱

A deux cuartos,
A deux cuartos,
Des éventails pour s'éventer,
Des oranges pour grignoter,

たった二クアルト，
安いよ，安いよ！
風がほしけりゃ扇はいかが！
噛っておいしいオレンジはいかが！

A deux cuartos,
A deux cuartos,
Señoras et caballeros...

たった二クアルト，
安いよ，安いよ！
奥さまがた，旦那がた……

(Pendant ce premier chœur sont entrés les deux officiers du deuxième acte ayant au bras les deux bohémiennes Mercédès et Frasquita.)

（合唱の間に第2幕の二人の将校がメルセデスとフラスキータを連れて登場）

PREMIER OFFICIER
最初の将校

Des oranges, vite.

オレンジをくれ，早く。

PLUSIEURS MARCHANDS
商人たち

(se précipitant)
En voici.
Prenez, prenez, mesdemoiselles.

（とびつくように）
はいどうぞ
さあ，お取りなさい，お嬢さんがた。

＊訳註）ギローのレチタティーヴォを用いたグランド・オペラ版では，この合唱の歌詞を変えて，グランド・オペラの上演様式につきもののバレエをここに挿入することがあった。しかし今ではこの形の上演はほとんど行なわれていない。

UN MARCHAND 一人の商人	*(à l'officier qui paie)* Merci, mon officier, merci.	

（金を払う将校に）
ありがとうございます，将校さん。

LES AUTRES MARCHANDS ほかの商人たち	Celles-ci, señor, sont plus belles...

こっちの方が，セニョール，もっときれいですよ……

TOUS LES MARCHANDS 商人たち	A deux cuartos, A deux cuartos, Señoras et caballeros.

たった二クアルト，
安いよ，安いよ，
奥さまがた，旦那がた。

MARCHAND DE PROGRAMME プログラムの売り子	Le programme avec les détails.

プログラムはいかが，詳しく出てるよ！

AUTRES MARCHANDS ほかの商人たち	Du vin...

葡萄酒はいかが，

AUTRES MARCHANDS ほかの商人たち	De l'eau.

水はいかが，

AUTRES MARCHANDS ほかの商人たち	Des cigarettes.

タバコはいかが！

DEUXIEME OFFICIER 第二の将校	Holà! marchand, des éventails.

おい！ 扇をくれ。

UN BOHEMIEN ジプシー	*(se précipitant)* Voulez-vous aussi des lorgnettes?

（とびつくように）
オペラグラスは要りませんか？

REPRISE DU CHŒUR 商人たち	A deux cuartos, A deux cuartos, Des éventails pour s'éventer, Des oranges pour grignoter,

たった二クアルト，
安いよ安いよ！
風がほしけりゃ扇はいかが！
嚙っておいしいオレンジはいかが！

> A deux cuartos,
> A deux cuartos,
> Señoras et caballeros.
>
> たった二クアルト,
> 安いよ，安いよ！
> 奥さまがた，旦那がた。

LE LIEUTENANT
中尉

Qu'avez-vous donc fait de la Carmencita? je ne la vois pas.

カルメンシータはどうした？　姿が見えないね。

FRASQUITA
フラスキータ

Nous la verrons tout à l'heure... Escamillo est ici, la Carmencita ne doit pas être loin.

そのうち来るでしょ。……エスカミーリョがいるんですもの。カルメンも遠くにはいないわよ。

ANDRÈS
アンドレス

Ah! c'est Escamillo, maintenant?...

あは！　いまはエスカミーリョに乗り替えたのかい？

MERCÉDÈS
メルセデス

Elle en est folle.

もう首ったけよ……

FRASQUITA
フラスキータ

Et son ancien amoureux José, sait-on ce qu'il est devenu?...

で，前の恋人のホセはどうなったか，誰か知ってる？

LE LIEUTENANT
中尉

Il a reparu dans le village où sa mère habitait... l'ordre avait même été donné de l'arrêter, mais quand les soldats sont arrivés, José n'était plus là...

あいつはな，おふくろの住んでいた村に現れてね……逮捕命令が出たが，憲兵が駆けつけたときには，ホセはもう消えていたんだ……

MERCÉDÈS
メルセデス

En sorte qu'il est libre?

じゃ，まだつかまってないのね？

LE LIEUTENANT
中尉

Oui, pour le moment.

いまのところはな！……

第 4 幕第 1 景

FRASQUITA
フラスキータ

Hum! je ne serais pas tranquille à la place de Carmen, je ne serais pas tranquille du tout.
(On entend de grands cris au dehors... des fanfares etc., etc. C'est l'arrivée de la Quadrille.)

ああ！　あたしがカルメンなら，こわくてたまらないわ。こわくてたまらないわ。

（舞台の外で大声がする……ファンファーレが鳴る。闘牛士の四人組の到着である）

No. 25 : Chœur et Scène　第25番：合唱と場面

CHŒUR
合唱

Les voici, voici la quadrille,
La quadrille des toreros,
Sur les lances le soleil brille,
En l'air toques et sombreros!

そら来たぞ，四人組
闘牛士のクアドリーリャ，
槍にきらめく日の光，
帽子を空に投げあげろ！

Les voici, voici la quadrille,
La quadrille des toreros.
(Défilé de la quadrille. Pendant ce défilé, le chœur chante le morceau suivant. Entrée des alguazils.)

そら来たぞ，クアドリーリャ
闘牛士のクアドリーリャ。

（クアドリーリャの行進。この行進の間に，合唱は次の部分を歌う。警官隊登場）

Voici, débouchant sur la place,
Voici d'abord, marchant au pas,
L'alguazil à vilaine face,
A bas! à bas! à bas! à bas!

ほらほら　広場にとび出して．
ほらほら　先頭切って進むのは
いやな顔したおまわりだ，
ひっこめ！　ひっこめ！　おまわりめ！

(Entrée des chulos et des banderillos.)
Et puis saluons au passage,
Saluons les hardis chulos,
Bravo! viva! gloire au courage,
Voyez les banderilleros!

（助手と，もり打ち師が登場）
つづいて大胆不敵なチューロたち
その行進に敬礼しよう
ブラヴォー！ ばんざい！ 勇気はほまれ！
見ろ見ろ，バンデリエーロだぞ！

Voyez quel air de crânerie,
Quels regards et de quel éclat
Etincelle la broderie
De leur costume de combat.

勇気凛々の，あの姿
あの目つき，それにあんなにきらきらと
目にもまばゆい縫いとりをした
闘いの　晴れの衣裳のすばらしさ。

(Entrée des picadors.)
Une autre quadrille s'avance,
Les picadors comme ils sont beaux!
Comme ils vont du fer de leur lance
Harceler le flanc des taureaux.

（槍使いが登場）
また別のクアドリーリャがやってくる。
ピカドールの　あの男前！
槍をかざして　馬を走らせ，
牡牛の腹をひと突きにする。

(Paraît enfin Escamillo, ayant près de lui Carmen radieuse et dans un costume éclatant.)
C'est l'espada, la fine lame,
Celui qui vient terminer tout,
Qui paraît à la fin du drame
Et qui frappe le dernier coup,

（最後にエスカミーリョが登場。その脇にはまばゆい衣裳を美しく着飾ったカルメンが寄りそっている）
これぞエスパーダ，細身のつるぎ，
ひと振りすればすべてが終わる，
ドラマの最後に現れて
とどめの一撃。

第4幕第1景

> Bravo! bravo! Escamillo!
> Escamillo, bravo!
>
> ブラヴォー！ ブラヴォー！ エスカミーリョ！
> エスカミーリョ！ ブラヴォー！

ESCAMILLO
エスカミーリョ

(à Carmen)
Si tu m'aimes, Carmen, tu pourras tout à l'heure,
Etre fière de moi.

（カルメンに）
おまえ　おれが好きなら，カルメン，まもなくおまえは，
おれを誇りに思うだろうぜ。

CARMEN
カルメン

Je t'aime, Escamillo, je t'aime et que je meure,
Si j'ai jamais aimé quelqu'un autant que toi.

ああ　あんたが好きよ，エスカミーリョ，好きで好きで，
いままでにこんなに好きになった人，なかったわ。

CHŒUR
合唱

Bravo, bravo, Escamillo!
Escamillo, bravo!
(Trompettes au dehors. Paraissent deux trompettes suivis de quatre alguazils.)

ブラヴォー，ブラヴォー，エスカミーリョ！
エスカミーリョ，ブラヴォー！
（舞台袖でトランペット。二人のラッパ手に続いて四人の警官が登場）

PLUSIEURS VOIX
大勢の声

(au fond)
L'alcade,
L'alcade,
Le seigneur alcade!

（舞台奥で）
長官だ，
長官だ，
長官さまだよ！

CHŒUR
合唱

(de la foule se rangeant sur le passage de l'alcade)
Pas de bousculade,
Regardons passer
Et se prélasser
Le seigneur alcade.

（長官のお通りに整列した群衆）
押し合わないで
お通りを見よう
威儀を正した
長官さまだよ。

LES ALGUAZILS 警官たち	Place, place au seigneur alcade! *(Petite marche à l'orchestre. Sur cette marche défile très-lentement au fond l'alcade précédé et suivi des alguazils. Pendant ce temps Frasquita et Mercédès s'approchent de Carmen.)* どいた，どいた，長官さまだぞ！ (オーケストラの小行進曲に乗って，前後を警官隊に守られた長官の行列が舞台奥をゆっくりと通っていく。その間にフラスキータとメルセデスがカルメンに近づく)
FRASQUITA フラスキータ	Carmen, un bon conseil, ne reste pas ici. カルメン，忠告するわ，ここにいちゃだめよ。
CARMEN カルメン	Et pourquoi, s'il te plaît? どうして？
FRASQUITA フラスキータ	Il est là. あの男がいるのよ。
CARMEN カルメン	Qui donc? あの男って　誰？
FRASQUITA フラスキータ	Lui, Don José... dans la foule il se cache; regarde. 彼よ， ドン・ホセよ，人ごみにかくれているの，ほら！
CARMEN カルメン	Oui, je le vois. ええ，見えたわ。
FRASQUITA フラスキータ	Prends garde. 気をつけてね。
CARMEN カルメン	Je ne suis pas femme à trembler, Je reste, je l'attends... et je vais lui parler. あの人の前でふるえるあたしじゃないわ。 待っていて，話しかけてやる。

L'alcade est entré dans le cirque. Derrière l'alcade, le cortège de la quadrille reprend sa marche et entre dans le cirque. Le populaire suit... L'orchestre joue le motif : Les voici, voici la quadrille, et la foule en se retirant a dégagé Don José... Carmen reste seule au premier plan. Tous deux se regardent pendant que la foule se dissipe et que le motif de la marche va diminuant et se mourant à l'orchestre. Sur les dernières notes, Carmen et Don José restent seuls, en présence l'un de l'autre.

長官が闘牛場へ入る。そのあとからクアドリーリャの行列が再び行進して闘牛場へ入る。群衆も続く……オーケストラが「そら来たぞクアドリーリャ」のモティーフを奏でるうちに、群衆が引くとホセの姿が見えて来る……カルメンひとり前景に残る。二人が互いに見つめ合ううちに、群衆は消え、行進のモティーフもしだいに弱まって消える。曲の終わりには、カルメンとホセが二人きりになる。

Scène II　第2景

Carmen, Don José　　カルメン，ホセ

No. 26 : Duo-Final　第26番：二重唱・フィナーレ

CARMEN
カルメン

C'est toi?

あんたね？

JOSÉ
ホセ

C'est moi.

おれだ。

CARMEN
カルメン

L'on m'avait avertie,
Que tu n'étais pas loin, que tu devais venir,
L'on m'avait même dit de craindre pour ma vie,
Mais je suis brave et n'ai pas voulu fuir.

言われてたわ，
あんたがそのあたりにいる，きっと来るって。
命に気をつけろとまで言われたわ。
でも　あたし平気よ，逃げようともしなかった。

JOSÉ
ホセ

Je ne menace pas, j'implore, je supplie,
Notre passé je l'oublie,
Carmen, nous allons tous deux
Commencer une autre vie,
Loin d'ici, sous d'autres cieux.

脅迫に来たんじゃない，こうやって頼みに来たんだ。
おれたちの過去は，カルメン，過去は忘れよう。
そうとも，おれたち　二人して
もう一度やり直そうよ
どこか遠くの　よその土地で。

CARMEN カルメン	Tu demandes l'impossible, Carmen jamais n'a menti, Son âme reste inflexible Entre elle et toi, tout est fini.	

　　　　　無理な相談を吹っかけないで。
　　　　　カルメンは嘘をついたことがない，
　　　　　カルメンの心はぐらつかない，
　　　　　カルメンとあんたはもう切れたのよ。

JOSÉ ホセ	Carmen, il en est temps encore, O ma Carmen, laisse-moi Te sauver, toi que j'adore, Et me sauver avec toi.	

　　　　　カルメン，いまならまだ間に合う
　　　　　おお　おれのカルメン，お願いだ
　　　　　おれはおまえを助けたい，
　　　　　おれも一緒に助かりたいんだ。

CARMEN カルメン	Non, je sais bien que c'est l'heure, Je sais que tu me tueras, Mais que je vive ou je meure, Je ne cèderai pas.	

　　　　　いいえ　もう時間が来たわ，わかってるの，
　　　　　あんたがあたしを殺すってことが。
　　　　　でも　生きようと死のうと，いや，いや，いや！
　　　　　言うことなんか聞かないわ。

JOSÉ ホセ	Carmen, il en est temps encore, O ma Carmen, laisse-moi Te sauver, toi que j'adore, Et me sauver avec toi.	

　　　　　カルメン，いまならまだ間に合う。
　　　　　おお　おれのカルメン，頼むから
　　　　　おれと一緒に逃げてくれ，
　　　　　二人の命が助かるんだ。

CARMEN カルメン	Pourquoi t'occuper encore D'un cœur qui n'est plus à toi? En vain tu dis: je t'adore, Tu n'obtiendras rien de moi.	

　　　　　なんでいまさら世話をやくの
　　　　　あんたなんか　もう思ってもいないのに？
　　　　　いくら好きだと言ってくれても
　　　　　あたしはなにもしてあげないわ。

JOSÉ ホセ	Tu ne m'aimes donc plus? *(Silence de Carmen, et Don José répète.)* Tu ne m'aimes donc plus? じゃあ　もう愛してはくれないのか？ (カルメン答えず，ホセは繰り返す) じゃあ　もう愛してはくれないんだね？
CARMEN カルメン	Non, je ne t'aime plus. ええ　もう愛してなんかいないわ。
JOSÉ ホセ	Mais moi, Carmen, je t'aime encore; Carmen, Carmen, moi je t'adore. だがおれは，カルメン，まだ愛している。 カルメン，ああ！　おれはおまえが好きなんだ。
CARMEN カルメン	A quoi bon tout cela? que de mots superflus! それがどうしたの？　無駄なせりふよ！
JOSÉ ホセ	Eh bien, s'il le faut, pour te plaire, Je resterai bandit, tout ce que tu voudras, Tout, tu m'entends, mais ne me quitte pas, Souviens-toi du passé, nous nous aimions naguère. Ah, ne me guitte pas, Carmen, ne me guitte pas! いいとも，おまえが喜ぶなら， 山賊のままでいてもいい，なんでもするよ， なんでもするよ，捨てないでくれ， 昔を思い出してくれ，この間まで愛し合っていたじゃないか！ ああ！　捨てないでくれ，カルメン，捨てないでくれ！
CARMEN カルメン	Jamais Carmen ne cédera, Libre elle est née et libre elle mourra. カルメンは言うことなんか聞かない。 自由に生まれて　自由に死ぬのよ！

CHŒUR ET FANFARES 合唱とファンファーレ	*(dans le cirque)* Viva! la course est belle, Sur le sable sanglant Le taureau qu'on harcèle S'élance en bondissant...

（闘牛場のなかで）
ばんざい！　みごとな勝負だぞ，
血に染まった砂の上を
槍に突かれた牡牛が跳ねて
たけり狂って突き進む。

Viva! bravo! victoire,
Frappé juste en plein cœur,
Le taureau tombe! gloire
Au torero vainqueur!
Victoire! victoire!

ばんざい！　ブラヴォー！　かちどきだ！
心臓の真ん中をひと突きされて，
牛は倒れる！　みごと勝利の
闘牛士に　栄光あれ！
かちどきだ！　かちどきだ！

Pendant ce chœur, silence de Carmen et de Don José... Tous deux écoutent... En entendant les cris de: Victoire, victoire! Carmen a laissé échapper un: Ah! d'orgueil et de joie... Don José ne perd pas Carmen de vue... Le chœur terminé, Carmen fait un pas du côté du cirque.

この合唱の間，カルメンとホセは黙っている。……二人とも耳を立てる……勝利の叫びを聞いて，カルメンは誇りと悦びの声をあげる……ホセはカルメンから目を離さない……合唱が終ると，カルメンは闘牛場の方へ一歩踏み出す。

JOSÉ ホセ	*(se plaçant devant elle)* Où vas-tu?...

（立ちふさがって）
どこへ行く？

CARMEN カルメン	Laisse-moi.

はなしてよ。

JOSÉ ホセ	Cet homme qu'on acclame, C'est ton nouvel amant!

かっさいを浴びてるあの男
あれがおまえの新しい恋人だな！

CARMEN カルメン	*(voulant passer)* Laisse-moi.	

(通ろうとして)
はなしてよ！

JOSÉ ホセ	Sur mon âme, Carmen, tu ne passeras pas, Carmen, c'est moi que tu suivras!	

おれの魂にかけて
行かせはしないぞ，
カルメン，おまえはおれについて来るんだ！

CARMEN カルメン	Laisse-moi, Don José... je ne te suivrai pas.	

はなしてよ，ドン・ホセ！ ついてなんか行くもんですか。

JOSÉ ホセ	Tu vas le retrouver... tu l'aimes donc?	

あいつに会いに行くのか？ え，あいつが好きなのか？

CARMEN カルメン	Je l'aime, Je l'aime, et devant la mort même, Je répéterais que je l'aime.	

好きよ！
彼を愛してるわ，たとえ死ねと言われたって，
あたし 何度でも好きと言うわ。

FANFARES ET RE- PRISE DU CHŒUR ファンファーレと 合唱の繰返し	*(dans le cirque)* Viva! bravo! victoire! Frappé juste en plein cœur, Le taureau tombe! gloire Au toréro vainqueur! Victoire! victoire!...	

(闘牛場のなかで)
ばんざい！ ブラヴォー！ かちどきだ！
心臓の真ん中をひと突きされて
牛は倒れる！ みごと勝利の
闘牛士に 栄光あれ！
かちどきだ！ かちどきだ！

第4幕第2景

JOSÉ / ホセ
Ainsi, le salut de mon âme,
Je l'aurai perdu pour que toi,
Pour que tu t'en ailles, infâme!
Entre ses bras, rire de moi.
Non, par le sang, tu n'iras pas,
Carmen, c'est moi que tu suivras!

こうして，魂の救いを，おれは
おまえのために，失ってしまうのか。
おまえは行ってしまうのか，恥知らず！
あいつの腕に抱かれて　おれを笑うのか。
いや，血にかけても行かせはしないぞ，
カルメン，このおれについて来るんだ！

CARMEN / カルメン
Non! non! jamais!

いやよ，いやよ，絶対に！

JOSÉ / ホセ
Je suis las de te menacer.

脅迫するのも　もうやりきれん。

CARMEN / カルメン
Eh bien! frappe-moi donc ou laisse-moi passer.

そう！　それならあたしを刺せばいいわ。でなければ行かせて。

CHŒUR / 合唱
Victoire! victoire!

かちどきだ！　かちどきだ！

JOSÉ / ホセ
Pour la dernière fois, démon, Veux-tu me suivre?

これが最後だぞ，悪魔め。
おれについて来る気はないか？

CARMEN / カルメン
Non! non!
Cette bague autrefois tu me l'avais donnée, Tiens...
(Elle la jette à la volée.)

いやよ！　いや！
この指輪，昔あんたがくれたやつ，さあ返すわ！
（指輪を投げつける）

JOSÉ / ホセ *(le poignard à la main, s'avançant sur Carmen)*
Eh bien, damnée...
(Carmen recule... José la poursuit... Pendant ce temps fanfares et chœur dans le cirque.)

（短刀を手にしてカルメンをめがけて）
こいつ，畜生！
（カルメンしりぞく……ホセは追う……その間にも闘牛場ではファンファーレと合唱）

CHŒUR / 合唱
Toréador, en garde,
Et songe en combattant
Qu'un œil noir te regarde
Et que l'amour t'attend.

トレアドール，構えはいいか，
だが忘れるな，戦いながらも忘れるな，
黒い瞳がおまえを見てるぞ，
恋がおまえを待ってるぞ。

(José a frappé Carmen... Elle tombe morte... Le velum s'ouvre. La foule sort du cirque.)

（ホセはカルメンを刺す……カルメン，倒れて死ぬ……闘牛場の垂れ幕が上がる。群衆が闘牛場から出て来る）

JOSÉ / ホセ
Vous pouvez m'arrêter... c'est moi qui l'ai tuée...
(Escamillo paraît sur les marches du cirque... José se jette sur le corps de Carmen.)
O ma Carmen! ma Carmen adorée!

おれを逮捕してくれ……おれが殺したんだ！
（エスカミーリョが闘牛場の階段の上に現れる……ホセはカルメンの死体に身を投げかける）
おお！ カルメン！ おれの大事なカルメン！

Fin 終わり

訳者あとがき

　この台本の翻訳は，フリッツ・エーザーの校訂によるジョルジュ・ビゼーのオペラ《カルメン》の批評版（1964年アルコア社刊）を基本的な底本としているが，エーザー版そのままではない。この版はいわば《カルメン》に関するオリジナルの資料を集大成したものではあるが，実際の上演に用いるには多少の問題があり，ましてや台本のうえでは，これに隅々まで従うにはいささか無理があるからだ。

　エーザー版の最大の功績は，おそらく，それまでどちらかと言えばグランド・オペラに近い形で上演されてきたこのオペラを，初演当初のオペラ・コミックの様式に引き戻したことにある。事実，この版が出てからの《カルメン》の上演は，本来の台詞入りのオペラ・コミック様式が主流となって現在に至っている。台詞入りの形ではフランスの国境の外に出られないのではないかと危惧されたこの作品が，世界的なレパートリーとなり得たのは，たしかにエルネスト・ギローがレチタティーヴォを補作した形によるところが多いことは否定できないが，その結果失われたものも多く，とりわけ一種のロマン主義的な巨大な舞台に投影されてしまったことは，この作品が本来持っていたヴェリスモに近いリアルな味わいをそこねる結果となっていた。

　原作のあるオペラとして，この作品にはいくつもの層が内在する。
　　(1)プロスペル・メリメの原作小説『カルメン』（1845年雑誌に発表，1847年刊行）。
　　(2)アンリ・メイヤックとリュドヴィック・アレヴィの合作による台本。
　　(3)ジョルジュ・ビゼーによる作曲（1875年3月，パリで初演）。
　　(4)曲の完成後，上演のためにビゼー自身がほどこした加筆や削除。
　　(5)初演後まもなく死去したビゼーに代わってエルネスト・ギローがほどこした加筆。

　(1)と(2)の間には時期的な開きとともに，内容的にも大きな落差があるが，(2)以降はそれぞれかなり近接している。この最後の(5)を(3)に引き戻そうとするのがエーザーの意図であったと思われるのだが，(4)はもちろんのこと，ときには(2)や(1)の要素までを無視できずに取り込んでしまったことが，台本に関する限り，彼の版を扱いにくくしている。

　たとえばビゼーは，(2)の台本にあったすべての歌詞に曲を付けたわけではない。いくつかの文言は曲づくりの上で省略したし，逆にいくつかの文言は繰り返している。さらには「ああ」や「おお」といった間投詞や，「そうとも」や「いいや」といった念押し，さらには歌詞の間に適宜挿入される相手への呼びかけなど，(2)

にはなかったものを曲の都合から付け加えた場合も多い。

そこで今回の翻訳では,歌詞はあくまでもビゼーの曲にもとづいてテキストを検討し,エーザー版の台本を何箇所か改めている。ただしいくつかの繰返しは省いた。当然ながら(5)については無視することにしたが,訳註で一部の事情を明らかにしてある。台詞の部分は実際の上演では切りつめられることが多いが,いちおう全部を訳出することとした。全体の音楽はナンバー建てになっているが,その番号のつけ方には,版によって多少の違いがある。ここではエーザー版のそれに従った。

台本は前述のようにメイヤックとアレヴィの合作であるが,この二人組はとりわけオッフェンバックの《美しきエレーヌ》や《ラ・ペリコール》などの喜歌劇の台本を担当したことで知られている。軽妙な会話のやりとりのなかに鋭い社会風刺をこめた洒落た味わいは,この《カルメン》の台本でも,たとえば第2幕の五重唱の喜劇性などに読み取れる。そしてビゼー自身ももともとオッフェンバックの主催した喜歌劇作曲コンクールで世に出た経歴を持っているから,そのあたりの味わいをぬかりなく音楽に造形している。

オペラ・コミックの様式に従って,台本は台詞の部分が散文で,歌唱の部分が韻を踏んだ詩の形で書かれている。韻律の形式としては,軽い歌謡調の8音綴の詩句が大半を占める。しかし中には,第1幕の「鐘が鳴ったぜ……」という若者たちの合唱のように,5音綴を二つ重ねた10音綴で書かれた箇所もある。このような形での10音綴詩句は,フランスの詩でもめったに使われない珍しいもので,たとえようもなく甘美な味わいを持つといわれる。よく知られた実例としては,ボードレールの「愛し合う二人の死」がこの珍しい韻律で書かれている。訳文では味わいようがないかも知れないが,この箇所のビゼーの音楽はこの韻律にふさわしい抒情的なもので,それが歌詞の卑俗な内容との間に奇妙なコントラストを生んでいる。このような合唱の扱い方はイタリア・オペラにいくつかの例があって,ビゼーもそこから学んだのではないかと思われる。

台本作者たちがメリメの原作をどう扱ったかについては,すでに別の場所に書いたことがあるのでここでは再説しないが,ひとことで言えば,メリメ一流の韜晦にみちた知的な読み物の,ほんの一部分(ホセの身の上ばなしの部分)だけを取り出して,原作の字句を巧みに生かしながら,通俗的ではあるが作劇術のしたたかな,わかりやすいドラマに仕立て上げた腕前はみごとである。原作にはなかった純朴なミカエラを作り出してカルメンに対比させ,原作ではほんの端役にすぎなかった闘牛士に華々しい役どころを与えて,負け犬のホセに対比させたのは,その一例だ。

カルメンという女性は原作以来，ジプシーという一種の被差別民に属する存在として登場するが，ここでのジプシーは，定住せず，つまり土地に縛られず，社会の掟にもとらわれない，自由な人々として描かれる。カルメンの登場の歌である「ハバネラ」がすでにそのような含みを持っているし，第2幕末尾の「さすらいの暮らし」への賛歌の合唱もそれだ。密輸業者だの山賊だのという無法者たちにも，そういう反束縛性がうかがわれる。そして終幕で殺される直前のカルメンの言葉は，原作では誇り高く「カリ（ジプシー）に生まれてカリに死ぬ」となっていたのを，台本作者たちはあえてパラフレーズして「自由に生まれて自由に死ぬ」と書き替えている。

　このオペラが，普仏戦争の敗北と第二帝政の崩壊，コミューンの流血の直後の，やっと市民社会の安定を取り戻したと信じられかけていたパリの舞台にかかったとき，それがどれほど過激な偽善への挑戦と見えたかは想像できよう。オッフェンバックの風刺は一場のお笑いというオブラートに包まれて喝采されたが，《カルメン》は「宿命の恋」の主題やスペインの異国趣味，ことさらにロマン主義めかした演出などによって大衆化した。もちろんそれを支えたのは，ビゼーの簡明直截な音楽のすばらしさである。この音楽は本来まったくフランス的であったにもかかわらず，今ではスペインにおいてさえ，あたかも自国を代弁する音楽であるかのように認められている。ここにあるのは単なる痴情沙汰ではない。スペインの風土に名を借りた，男と女との間のぎりぎりの真実なのだ。

　すでにこのオペラを何度も見ている人々にとってはこの台本が音楽や舞台をある程度まで彷彿とさせるように，またこれから初めてこのオペラを味わおうとする人々にとってはこの台本がその面白さをある程度まで予感させるように ── というのが，訳者の願いである。

2000年9月30日　　　　　　　　　　　　　　　　　　　　　　　　安藤元雄

訳者紹介

安藤元雄（あんどう・もとお）

1934年東京生まれ。東京大学仏文学科卒。明治大学名誉教授。著書に『フランス詩の散歩道』（白水社）など。詩集に『夜の音』（書肆山田）、『めぐりの歌』（思潮社）など。翻訳にボードレール『悪の華』（集英社）など。オペラ台本の翻訳としては『ホフマン物語』『タイース』『サムソンとデリラ』『ドン・カルロス』（フランス語初演版）などがある。

オペラ対訳ライブラリー
ビゼー カルメン

2000年11月30日　第1刷発行	
2023年9月30日　第15刷発行	
訳　者	安藤元雄
発行者	堀内久美雄
発行所	株式会社 音楽之友社
	東京都新宿区神楽坂6-30
	電話 03(3235)2111(代)
	振替 00170-4-196250
	郵便番号 162-8716
印刷	星野精版印刷
製本	誠幸堂

Printed in Japan
乱丁・落丁本はお取替えいたします。

装丁　柳川貴代

ISBN 978-4-276-35552-1 C1073

この著作物の全部または一部を権利者に無断で複製（コピー）することは、著作権の侵害にあたり、著作権法により罰せられます。

Japanese translation©2000 by Motoo ANDŌ

オペラ対訳ライブラリー（既刊）

作曲家	作品・訳者	品番
ワーグナー	《トリスタンとイゾルデ》 高辻知義=訳	35551-4
ビゼー	《カルメン》 安藤元雄=訳	35552-1
モーツァルト	《魔笛》 荒井秀直=訳	35553-8
R.シュトラウス	《ばらの騎士》 田辺秀樹=訳	35554-5
プッチーニ	《トゥーランドット》 小瀬村幸子=訳	35555-2
ヴェルディ	《リゴレット》 小瀬村幸子=訳	35556-9
ワーグナー	《ニュルンベルクのマイスタージンガー》 高辻知義=訳	35557-6
ベートーヴェン	《フィデリオ》 荒井秀直=訳	35559-0
ヴェルディ	《イル・トロヴァトーレ》 小瀬村幸子=訳	35560-6
ワーグナー	《ニーベルングの指環》（上） 《ラインの黄金》・《ヴァルキューレ》 高辻知義=訳	35561-3
ワーグナー	《ニーベルングの指環》（下） 《ジークフリート》・《神々の黄昏》 高辻知義=訳	35563-7
プッチーニ	《蝶々夫人》 戸口幸策=訳	35564-4
モーツァルト	《ドン・ジョヴァンニ》 小瀬村幸子=訳	35565-1
ワーグナー	《タンホイザー》 高辻知義=訳	35566-8
プッチーニ	《トスカ》 坂本鉄男=訳	35567-5
ヴェルディ	《椿姫》 坂本鉄男=訳	35568-2
ロッシーニ	《セビリャの理髪師》 坂本鉄男=訳	35569-9
プッチーニ	《ラ・ボエーム》 小瀬村幸子=訳	35570-5
ヴェルディ	《アイーダ》 小瀬村幸子=訳	35571-2
ドニゼッティ	《ランメルモールのルチーア》 坂本鉄男=訳	35572-9
ドニゼッティ	《愛の妙薬》 坂本鉄男=訳	35573-6
マスカーニ レオンカヴァッロ	《カヴァレリア・ルスティカーナ》 《道化師》 小瀬村幸子=訳	35574-3
ワーグナー	《ローエングリン》 高辻知義=訳	35575-0
ヴェルディ	《オテッロ》 小瀬村幸子=訳	35576-7
ワーグナー	《パルジファル》 高辻知義=訳	35577-4
ヴェルディ	《ファルスタッフ》 小瀬村幸子=訳	35578-1
ヨハン・シュトラウスⅡ	《こうもり》 田辺秀樹=訳	35579-8
ワーグナー	《さまよえるオランダ人》 高辻知義=訳	35580-4
モーツァルト	《フィガロの結婚》改訂新版 小瀬村幸子=訳	35581-1
モーツァルト	《コシ・ファン・トゥッテ》改訂新版 小瀬村幸子=訳	35582-8

※各品番はISBNの978-4-276-を略して表示しています